理想的院子

——八千元在北京郊区建成三个小院

杨阿里 ◎ 著

图书在版编目(CIP)数据

理想的院子：八千元在北京郊区建成三个小院 / 杨阿里著. —杭州：浙江文艺出版社，2021.1
ISBN 978-7-5339-6319-4

Ⅰ.①理… Ⅱ.①杨… Ⅲ.①随笔-作品集-中国-当代 Ⅳ.①I267.1

中国版本图书馆CIP数据核字（2020）第229333号

策划统筹	柳明晔
责任编辑	张　可
营销编辑	宋佳音
装帧设计	仙境 WONDERLAND Book design
责任印制	张丽敏

理想的院子——八千元在北京郊区建成三个小院
杨阿里　著

出版	浙江文艺出版社
地址	杭州市体育场路347号
邮编	310006
网址	www.zjwycbs.cn
经销	浙江省新华书店集团有限公司
印刷	浙江新华数码印务有限公司
开本	880毫米×1230毫米　1/32
字数	166千字
印张	8
插页	2
版次	2021年1月第1版
印次	2021年1月第1次印刷
书号	ISBN 978-7-5339-6319-4
定价	49.80元

版权所有　违者必究

(如有印、装质量问题,请寄承印单位调换)

目录

第一章

从"我想有个院子"到四年后"我在北京有了三个书院"

怎么样从八千块起步,在北京有三个院子? _002
第一个院子:北年丰村四合院 _004
第二个院子:新房子村十亩地晒粮场 _014
第三个院子:一幢等价置换的别墅 _018
三处书院门口分别有一棵大树 _023

第二章

从北方到南方,我的院子情结

家乡山东的院子,储存了我对这个世界的无尽想象 _028
为了在江南有个马头墙带天井的院子,我跑了十几趟买地 _033
国外印象深刻的几个院子:意大利、瑞士、美国 _039

第三章
北京郊区农村小院改造简史

动工纪念：问渠那得清如许 _047

装修：彻底断舍离之后疯狂恋物癖 _052

开荒：院子里藏了一箱子元宝 _058

书架：原始森林牌手工书架 _063

做门楼：有茅草顶的陋室，惟吾德馨 _067

改造水电，融入乡村 _071

灌浆麦子田，麦苗不用钱 _074

粉刷外墙：价值二百元的托斯卡纳风格 _076

搭棚子：那一院子的绿荫和碎时光 _079

挂牌后试运行：偷得浮生半日闲 _081

第四章
读者有书，耕者有院

耕者有院 _084

  蔬菜草本篇——086

  瓜果篇——096

  大丰收篇——104

拌炒煮蒸吃货篇—107

　　文玩核桃篇—114

　　葫芦篇—116

　　葡萄篇—119

朵朵老师的花园_125

老婆孩子热炕头_135

清源书院美好记忆TOP50集锦_162

"时光"老物件博物馆_176

院长独家招牌菜：书院大铁锅炖棒子骨_191

小院的年丰牌自酿白酒大业_204

陈教授出马：胶东花饽饽奇遇记_210

上过央视的猫猫狗狗们_221

第五章

这不仅仅只是一个院子

后记：清源书院和出厂于1980年的杨院长书写简史_237

谨以此书,献给我的家人

(尤其献给小女孩朵朵,希望她长大后能读懂父亲、

热爱生活!)

以及,谨以此书,记录我与朋友们共同的理想

(没有人规定"谨以此书"只能说一件事吧?)

春节放假,我在美国动工,其间整理了数万张照片,真是一个大工程!
创作过程,有点像对院子的第二次改造,有了许多新收获

自序

有个统计是这样的：我们的地球，有 1100 亿人已经离开了，而现在我们每一位，是正在生活着的 70 亿人之一。

之前的 1100 亿人，留下很多东西，更多的，是什么也没有留下。没有记录，仿佛什么都没有发生；有记录，也不一定能存下来。要什么永恒，要什么坚不可摧，要什么自行车，

想开了，就自由自在地活着吧。

——不过，理想还是要有的。

不是哪位名人说的，是清源书院院长杨阿里说的。

从"我想有个院子"到四年后
"我在北京有了三个书院"

怎么样从八千块起步,在北京有三个院子?

有一天,我和出版社的柳老师说,我想写本书,一本关于"院子"和"新生活方式"的书。

这本书概括起来如下:周一到周五在市里快节奏工作,周六和周日在郊区慢下来生活,我已经实践了四年,而且从一个院子开始,现在我在北京有了三个院子,我觉得我找到了一种最理想的生活方式。

柳老师温和地笑一笑:"听起来是很美好,可是,这恐怕是有钱有闲之后才能做的事吧?"

哈哈,柳老师就这样上了我的当!

——恰恰相反,我平时很忙,而且在北京有个院子并不贵,一年租金只需要八千块;距离也不远,从中关村出发,只需要一小时车程!!

我用自己的实践,解决了人在大城市的三个痛点:不需要逃离北上广、不需要假装生活在城市、不需要等待自己变老且有闲有钱,理想的生活触手可及!!!

在导航上敲"清源书院",
会提示北京有三个红点,
那就是三个院子的位置

  我有时会在酒后,掏出手机,顺手搜一下,给亲近的朋友秀一下,我喜欢看他们惊讶的样子:平时工作那么忙,你怎么还有精力整出一堆院子来,是你的第二产业吗?——玩的玩的,非营利性,随后更多话题会冒出来,一聊就是一箩筐;平时关注微信朋友圈的好友有个总结,称我自带三类话题和三个身份:工作上的"社会人"(就不说细节了)、发朵朵老师照片的"晒娃狂魔",还有每周固定发院子细节以及书院建设进展的"杨院长"。

第一个院子：北年丰村四合院

我的第一个院子，在北年丰村。

它所在的杨宋镇，是怀柔区唯一一个全是平地的小镇，四平八稳、交通便利，从京承高速第十五出口驶出，再有六分钟车程，经过村口一个传统的红色大牌楼，然后见到一棵大槐树。村里绕着树修了一圈座椅，既能保护大树又能坐在下面乘凉，每到晚上，这里就成了大家的聚集地。

北年丰村始于明代，建村时间久远，曾用名"年丰庄""年丰铺"，村口这棵长了几百年的古槐树见证了村子的历史。车停在树下，走进胡同第二个门就到了北年丰村的清源书院。

这是一条让我无比熟悉无比亲切的路线，每一次取出钥匙打开大门，仿佛一瞬间回到了家乡山东，回到了老家。

北年丰村清源书院，有四间正房三间侧房，最重要的是，它有一个敞亮的大院子！这是我一眼相中它最主要的原因。

村口的古槐树

村里有新人结婚,新人们一定会在大槐树上贴一个大红喜字,大槐树如同年纪最大的老人,见证了村里一代又一代人的生活历程

可惜的是,这棵大槐树后来枯掉了,据说是因为所在的地势低,化雪的盐水伤到了它

和年丰村大槐树相呼应的,是在杨宋镇上的十字路口的三棵大槐树,那里已经成为最有名的地标。来来往往的车辆,从没有觉得它们碍事,反倒每每经过都会觉得亲切

与北年丰村院子结缘,很偶然。有一年元旦,原《新京报》记者申志民邀请我去农村吃酸菜馅饺子,他和我说,所有食材都是有机的,产自有100亩地的"小树庄园"。我想在北京能有100亩地,那是绝对的土豪,正好元旦没有安排,可以当成一次郊区游,还有一点是,我的孩子朵朵刚刚两岁,恨不得吃喝拉撒,一切的一切全都配上有机的、绿色的、环保的,"有机"这个词也很吸引我。

不过,到达地点后,一切有点出乎我的意料。

首先是我所期待的、能让孩子满地跑的目的地"小树庄园"大本营,竟然在村子的一个胡同里,没有招牌,没有任何装修,连寻常的农家小院还不如,土得掉渣。

这就是"小树庄园"给我的第一印象,屋子不够大,大家都在一个小院子里面晒太阳、站着聊天

我所期待的"饺子宴",只有原料,一切都要自己动手做,和面、剁馅、擀皮、烧柴火、煮。既来之,则安之,我撸起袖子参与到了这场热火朝天的包饺子活动里

小孩子总是能找到自己的乐趣,他们骑着树哥收来的古董三轮小车,追逐嬉闹

  在这一天,我认识了小树庄园的负责人小树,还有他的爱人武嫂。他们来自东北,主业是做收藏买卖,在潘家园有自己的店面,赚了一些钱后,两人的土地情结泛滥,在北年丰村承包下来100亩地,并且租下了这个农家院,平时住的是家乡来帮忙打理土地的亲戚。他们在城里有自己的住处,忙碌了一年,这也是他们在村里过的第一个元旦。

初识树哥、武嫂

树哥表面憨厚老实淳朴，实际上也是如此，只是还多了一点幽默和对别人无害的小套路，武嫂实在热情，我们一见如故。而且，在接下来的几年里，在北年丰村，我们像家乡亲人一样相处，像他们熟悉的东北，像我熟悉的山东，礼尚往来、人情世故，自在舒畅。

刚出锅的饺子热气腾腾、香喷喷，我们吃得热火朝天，老婆孩子也是在热炕上吃了一个又一个。

出乎我的意料的是，吃饱喝足后，东道主小树庄园庄主树哥竟然不肯收钱。

——不仅不收钱，他也不推销任何有机农产品，有人陆续离开，我有点着急，满院子找，后来找到一些苞米面和过冬的大白菜，我强买强卖地买了一大纸箱，给了二百块钱。

饭后，我们去村外参观了那100亩地。地里空荡荡、光秃秃，而且和其他的土地连成一片，没有任何区别和标识，但喝了一瓶盖儿啤酒的树哥微醺，他手叉腰意气风发，说将来要怎样怎样规划，怎样怎样发展。他还说到他要从市里搬家住过来，再租个几个院子，自住、给工人们住。

他和我说村里的行情是一个院子租金一万，我以为听错了，一个月一万？一年一万！树哥的回复让我惊讶。

没有任何迟疑，我说树哥你找院子带上我一个，我来和你做邻居！

一顿东北酸菜馅的饺子宴，成全了我的院子梦想！

地里面光秃秃，玉米拍出来倒是很好看

第二年,树哥又在地里挖了一个心形的水塘,种荷花养鱼,小树庄园方才有了许多灵气

要知道,这是寸土寸金的北京,漂在这里将近二十年,一直住在北京的楼房里,此刻突然发现,只需要一万元,院子就唾手可得,像我的家乡那样,这真的是很美妙的一件事。

我恨不能现在有院子,现在就立即租下来,我迅速和树哥、志民一起,在100亩地里做起了规划:把院子改造好之后,种花种草,有很多的书,做成我一直想做的"书院",邀更多的朋友们,读书写字,品茶饮酒。越聊越嗨,但时间已经不早了,家人催我返城……正在此时,我突然在地里发现了一条长凳。

毫无疑问,第一眼我就相中了这条长凳

我问树哥它的来处,他说是从村里收来的,一百元收了三条。

和树哥刚认识,我不好意思直接开口要,但东西不怕被偷就怕被惦记,我转身找了志民,小声说:"志民你能不能帮我,让树哥把那个凳子让给我?"他说好办,然后转身和树哥说:"杨阿里要建个书院,要不树哥你先给他个礼物吧!"

树哥很豪爽地说没问题啊!不过又一挠头,给啥好呢?

我说,树哥这多不好意思,要不这样吧,送我的礼物不能超过五十元,不然我不好意思收!

志民顺手一指那条长凳:那就它吧!

这就是"先有木板凳一把,后有清源书院三座"的由来。

这一天,也成为我与北年丰村以及第一个院子结缘的开始,看似偶然,其实回过头来想想,也是必然。

从某宝上买了茅草，搭出来了一个小门楼

改造出来书房一间，除了书，还有酒坛子和老物件

清源书院院长曾在这里接受过中央电视台《走遍中国》栏目组的采访

客厅的对联，是栖霞市牟氏庄园的后人所写

牟氏庄园是胶东的一个传奇，创建于清朝雍正年间，牟庄主曾拥有房屋五千五百多处，土地六万亩。现保存厅堂楼阁四百八十多间，"耕读世业，勤俭家风"，听家乡老人家的话，不会错。

那把镇院之宝木板凳和它很搭。

小院子几乎每年都会有一些变化,但都是我喜欢的样子

喜欢城市的繁华便利,更爱乡村的自然自在。

周一到周五在市里快节奏工作,周末带着家人去郊区慢下来生活。

世俗日常的生活也可以很有趣,春夏秋冬变得真实。

阳光土地、风雨天气、草木瓜果、人情往来。

消灭焦虑、释放精力,耕种有成果、努力有回报。

第二个院子：新房子村十亩地晒粮场

在怀柔的第二年，我有了第二个院子，它在新房子村，距离第一个院子九公里，车程十来分钟。

其实，我的第二个院子来得有点"被动"，树哥有土地情结，我有院子情结，我的院子情结却也没有到"发烧"的地步，有意思的是，当你开始专注于一件事情的时候，你的身体会形成一个气场，这个气场有时候势不可当，能把之前看似不可能的事情转化成可能。

租下北年丰村小院是冬天，开春之后，我就立即开始了轰轰烈烈的院子改造行动，原则上自己能做的，就不吵吵，自己动手，当然一个人的力量是不够的，有时候也有点无聊，我又告诉单身男青年江寒，村里很多单身姑娘，再加上许诺给他"清源书院副院长"的身份，把他骗了进来，事实证明我选人是极准的，他改造小院的热情，远超过我，我经常被他拉着忙到后半夜；后来发现，只有我们俩的力量也仍不够，我们又想了一些办法，忽悠更多人参与劳动，例如承诺"带你体验田园生活郊区一日游""欢迎参加清源书院主题沙龙活动""劳动计工分可兑换小树庄园有机蔬菜"等等，无论媒体、作家、编辑、公益人、新农人，各类青壮年只要来了就可劲儿地派活儿，最大限度地压榨劳动力，好在还是有一些新鲜劲儿，大家倒也不会计较说好的一日游，变成了关在小院里劳动，另外还有很重要的一点是，院长用心良苦地开发了一道招牌菜：书院大铁锅炖棒子骨。这道菜实在妙不可言，具体且留在后面单章展开来讲。

　　劳动了一天后,在村里小院的晚餐才是高潮。建设中的书院很粗糙,只是一个普通的农家小院,和琴棋书画茶等优雅的种种离得遥远,倒是大锅菜有特色,管饱,酒无限量供应,如同流水席一般!酒后欢乐多,唱歌,读诗,聊理想,吹牛也不脸红,这让清源书院在北京的青壮年们的心中,逐渐地有了一定的影响力,小时候听父母的,在单位听领导的,在家服从老婆孩子,在小院喝一点酒,谁说的也不听,一个个都像个山大王,像梁山好汉。

　　后来,怀柔的"土著"们也加入了进来。

　　这其中就有李建新。已经记不得他是谁带来的了,人来人往,我对他的头两次印象,都是什么事也都不伸手,身上干干净净,似乎有点领导作风,不怎么接地气,不过也不是没有优点,例如,虽然酒量一般,但是酒风夸张,喝开之后,杯换碗、碗再换盆,一仰脖咕嘟咕嘟一脸盆啤酒下去,气氛一下子就给带到顶点,让人欢喜得不行,谁都不敢不服。喝多了他也会醉,醉了之后就会现出原形,喝了三次酒之后,我们就很对脾气了,彼此看着顺眼,了解也逐渐多了起来。建新参过军,有个别名叫"天王",我到现在也没搞懂李天王为啥会有那么多的能量,他家在新房子村,住在新房子村,村里有个晒粮场,他也没想好要做什么,就长租了下来。我曾经开他玩笑说,是不是每天饭后,背着手到大院里面遛个弯儿,看一眼空荡荡的大院子,会觉得很满足、很骄傲?

　　有一天酒后,他大着舌头,嗓门很大,坚持让我到他们村去,免费!怎么用都行!!不去不行!!!我担心精力不够,稍露出点为难的样子,他就急了:"我来装修,你只需要带着你的'清源书院'招牌拎包入驻!"

门匾是一块门板,后来被丰年陶坊王老板吐槽,据说那是他家祖传下来的,暂时存放在大院,结果被我给征用了,害他找了很久

这里没有生活区,比较纯粹,全是书架,因为空间足够大,设想是成为公益项目二手书中转站

很多装饰字画,也都是朋友们捐赠来的

李建新很贴心地安装了地暖,还有蒲团,可以随处坐下来读书

院子太大,实在不知道怎么才能都用起来

那个院子总占地十亩,大到直到现在,我们仍然没有能充分使用起来。院里有两个长长的砖房,我带着自创品牌清源书院用了一排,树哥在我的建议下,也创办了一个"潘家园年画馆",用了另外一排,庄主地主树哥,一转身又成了馆长,一时间在收藏圈里风生水起,很多朋友组团来参观、洽谈、办展,意气风发的树哥每次都会宰一只大鹅来招待,生意竟然比原来好了很多。

后来,李建新在大院里面又建了一个木屋别墅,改造了一处合院,凡花小筑插花培训中心、丰年陶馆、蜡染坊、木匠工作室、手工皂等"朋友"陆续加入,加上清源书院、潘家园年画馆,我们一起组成了一个文化矩阵,结合着新房子村的历史,我们把那儿整体命名为"渔阳文化大院"。

一切,也仅仅只是开始

第三个院子：一幢等价置换的别墅

北年丰村和新房子村的两个院子一直在建设中。

关起院门，那两处院子就是我和朋友们独立打造的一片天地，地理位置已经不再重要，它们不属于村子，不属于怀柔，只属于自己，可以安放身心。

有了这两处院子的第三年，朵朵要上幼儿园了，这可是一件很大很大的事情。我和爱人做了很多对比和分析，后来我们做了一个决定：把市里五环边上的房子卖掉，在怀柔置换一幢别墅。

房子面积扩大了三倍，前后有院儿，价格却基本上相同。而且它在另外两个院子中间，五六分钟就能到达。

可能是被另外两个院子累到了吧，在这个院子里反倒什么也不想做，就想发呆、看书

院子里面种了些草，很省事

朵朵把这里称为"大房子"

"大房子"外景

对我来说,这里却是第三处清源书院

存了我个人写的书、编的书,以及对我有纪念意义的东西,例如第一次来北京的火车票

从做下决定,到卖房换房,再到装修,历时两年;从第一个院子到第三个院子,加到一起,四年过去啦!

我找到一株法国梧桐移到了院子里,它有水桶那么粗,像第一个院子的香椿树、第二个院子的大白杨树一样粗,我喜欢法国梧桐的蓬勃和繁茂,我期待十年、二十年以后,它就可以长出来像房子一样大小的树冠。

我在地下一层挂上手写木匾:清源书院。至此,我的三个书院挂牌完成、建设完毕,除此以外,它们还有一个统一的商标"有书有院"。

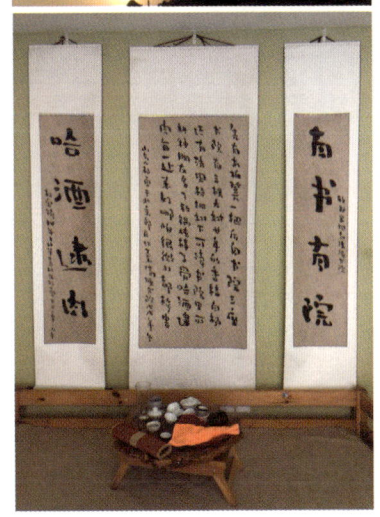

有书有院LOGO

从一处8000元年租金的农家院起步,又和郊区土著朋友一起改造了渔阳文化大院,再把市里房子置换到杨宋,现在我在怀柔有了一个农家院、一幢别墅、一个文化大院,当年花了很多心思在安徽宣城桃花潭没做成的事,在怀柔顺利启动。

三处书院门口分别有一棵大树

三处书院门口分别有一棵大树:20年大香椿树、20年法国梧桐树、20年大白杨。

有树的院子,才有了灵魂。

香椿树,平时感觉不到它,但是北年丰的院子,少了它绝对不行

每年四月,她会生出香椿芽,配上小树庄园的大鹅蛋,炒出来无比美味,是春天和田园的味道

挨着香椿树的,还有一棵小核桃树,果实却不是用来吃的,而是用来把玩的文玩核桃

两棵树的叶子长起来以后,交融到一起

树影也很优雅

下着大雪的某一天,我跑遍北京郊区,终于买到的一棵法国梧桐

树下可以喝茶,朵朵可以在院子里面玩,也算是间接实现了我在南方造园的未竟之梦

书院有树

渔阳文化大院的白杨树

    这本书的故事,就来自于此,总计照片素材近万张,小院花草植物近百种,全方位记录三处小院子的改造史和成长史,这是一本从小院子"种"出来的非虚构作品。

    几年下来,宽阔的怀柔,留下我密集的身影,这里已经成为我的第二故乡,也成为我和我的家人、朋友们最重要的聚集地。

    我在村里有了固定的理发店,和固定的托尼老师。

    我还在附近两公里的村子里,找到了一个寺庙。在某个午后,与年龄相仿的住持演武一见如故,煮茶聊天,走时依依不舍,互加了微信,他送我一箱子自己种的、晒成干的蔬菜。

    文人与住持的故事,自古以来有过无数个吧,我相信演武住持肯定也读过金庸小说。

　　我以前的同事小老林和小小雪在劳动空闲对着老镜子自拍,后来他俩结婚了,我给牵的线。

　　倔倔的小老林,和会生气撒娇更黏他的小雪小姐姐,像极了年少时的杨院长和徐老师。

　　这一刻的自拍,也许就是爱情正茂盛生长的样子吧。

从北方到南方，我的院子情结

家乡山东的院子，储存了我对这个世界的无尽想象

我的老家在山东栖霞，家里有几亩果园，还有一处宅基地。

父亲二十几岁的时候，他和他新婚的妻子，齐心协力，自己动手盖了一幢房子。——一幢有十几间屋、有一个院子的砖瓦房，外墙面被父亲漆上了农村少有的褚红色，即便在现在看起来，也很时髦。房子虽然简单，也没有特色的装修，但是它很结实，很温暖，它为我们挡风遮雨，在山东，这是我的第一个家。家的四周，有自我出生就种下的刺槐树和梧桐树，如今已经长得很高大；院子里，两个花坛，父亲找来两棵牵牛花，我们这儿叫"打打碗花"，种在边上，它们长得很快，每次进门出门都会看

到又绿了一片；花坛中间种了两棵月季，长得也挺好，只不过两棵月季最开始的时候，因家里很忙，父母又很年轻，谁也顾不上它们，所以少了些形状。院子里有一口井，吃的水用的水都从井里压出来，水是冬暖夏凉，夏天里渴了，我们一般都是压出来一暖壶，捧着壶喝一口，透心凉！

是燕子的窝

也是我的老家

家的门窗是铝合金的，很结实的那一种，给屋子添了一份豁亮，屋子里面铺着大块的大理石地砖，小妹说像铺了一地的腊猪肉，粉红里面夹杂着白，墙面是雪白的，家具虽然旧了点，但是还是很结实，那也就无所谓了。到了晚上，节能灯管把屋子照得透亮透亮，如果说淡黄的灯光让人觉得温馨的话，那么亮亮的灯光就让人觉得踏实、自信。

家的后院原是爷爷奶奶住的老房子，他们走了以后，房子年久失修，就没有了什么用场，于是妈放了羊、养了鸡，还有一条狗，它们热闹地叫着，在后院随意地走着，各吃各的，互不干扰，这倒也奇怪，狗和鸡成了朋友，鸡和羊也是朋友，羊和狗也是朋友，我经常看见老羊趴在狗窝里，而狗笑呵呵地和一群小羊躺在羊圈里，鸡在它们的眼前晃来晃去，啄着食。

我们一家人的生活底气，曾在那里一点一点地生成。家里最西边的一间房属于我，我经常在那里看书发呆，有时候也写写东西，听大白杨被风吹过哗啦哗啦的声音，或看雪花在院外飘来飘去，为此写过一首诗《冰凌花》获过奖，用它撩过的高中女生，成了我现在的爱人。

小时候，总是喜欢爬到屋顶上，掀开最上面的圆瓦，找到麻雀的窝

我的成长故事，也跟着袅袅炊烟飘出来，家乡的院子，储存了少年时期的我，对这个世界的无尽想象。

朵朵出生后，为了更方便她吃奶，我们在清华院里租了一套房子，在一楼，带一个石棉瓦搭出来的小院子，院子外面还有一小块菜地，那算是我在北京的第一个院子吧。

清华院子最大的亮点是,有一棵柿子树

那里是多多猫的乐园,关于多多猫与小院的故事,后面还会有单独一篇

为了在江南有个马头墙带天井的院子，我跑了十几趟买地

朵朵没有出生前，我曾想过像父亲那样，自己盖一幢房子。

这件事情想起来容易，做起来很有难度。我的父亲能够做到，首先是因为他是一个砖瓦匠，具备专业能力，其次是因为家在农村，我的爷爷给了他一处可以盖房子的土地。

在前几年，我有了一处盖一幢房子的理想地点，它既是李白诗里提到的一处地方，也是陶渊明文章里面提到的一处地方，那就是"桃花潭"，一条窄窄的公路依着青弋江一路延伸，路过有小门有大院子依山而建的独幢红砖房，路过有水田环绕的田园风情房，路过有大树在屋前的农家房，直到豁然开朗时，重回桃花潭！——谁能想得到，那个在诗里出现的地方真实存在，而且依然美丽、生动！

桃花潭随手拍

我想象过很多次,不管不顾,花上半年的辛苦,与水泥砂浆打交道,学习父亲,自己建一幢房子,然后,和自己爱的人住在里面。

关于在那里的生活细节,我也有过很多构思。例如,生两个宝宝,养一匹马,养一条狗,养一只猫,有一辆摩托车,有宽带有网络,每天睡到自然醒,喝茶,写作,田里少量劳动,仍要多赚钱,在宽敞的院里晒太阳;例如,必须有一个院子,院子里面石头铺路,种上瓜果蔬菜或者果树花草,会有一池水一尊神,青苔长在角落,衬着黑瓦斑驳白墙,旧式墙体筑起大大的马头墙房子,房子里面有天井,天井主厅有小到吃三餐大到一家人团聚的八仙桌,厅里还有木头阁楼,有左右厢房,有木式床,有嘀嗒响的机械老钟,有老式柜子,里面放着媳妇儿的土布衣服,她穿得美美的,心宽体胖,晒晒太阳,养养花,养养猫狗,捎带着养养孩子,大多的时候,任由他们在院子里面奔跑、追逐、吵闹,太阳就那么懒懒地照在家人身上,然后月亮和星星也升起,那时候会有一个桌子,几条板凳,一院子清新空气,就着喷香的米饭、清香的茶、清爽的笋子和小菜,我会出现,吃掉,全部吃掉,然后睡觉。嗯,梦里还会有活水流过的声音,风吹竹叶响。

登岸后卖饮料的十里桃花吧小棚子,曾被我写进小说,也是"万家酒店"的产业之一,也曾有一位少女

唐朝义门

桃花潭老街

笋子烧肉面

踏歌古岸

随处可见的老坛子

南方的温润深深触动我这颗北方人的心,这些用文字和想象打造出来的细节,如同一块块砖,在江边水西一处荒地,或在东岸一处老宅原址上,盖起我梦想中的房子、宅子、民居、园林、小院子,桃花潭越来越真实,曾经近在眼前。近到仿佛我马上可以在那里与李白饮酒、和汪伦谈谈职场人生、陪万矩做生意,为此有好几次,我带了现金从北京过去买地,但因为这样那样的原因,始终未果。

曾想在桃花潭水西的一处荒地,建一幢有天井的房子

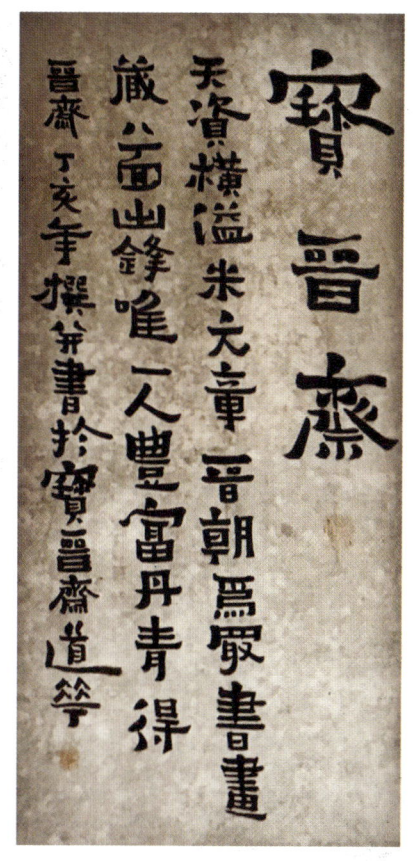

这幅挂在普通百姓人家的字,激发了我写毛笔字的兴趣

这个未竟的"清源书院"理想,我曾找到一个理由安慰自己:吾心安处是故乡,世界上只有一个地方,能将心灵安放——那就是我们的身体。至于房子和院子,或许就没有那么重要了吧?如今看来,那还是在遇到怀柔三个院子之前的"胡诌"。

桃花潭所在地宣城以宣纸闻名,朵朵自制宣纸

国外印象深刻的几个院子：意大利、瑞士、美国

刚开始工作时，曾随同事们一起，参观苏州园林，全程一路嬉戏打闹，对园林完全无感。直到再成长了几年，心已经不再那么浮躁了，才体会到院子的好，进而四处关心院子，有时候会感慨，人原来真的是会长大、会逐渐不再年轻的啊！以前张嘴就喊陌生人为大哥或者阿姨，现在是万万不可，不然会收回来一堆白眼。最狠的是有一个服务员说她的父亲和我一样大，也是1980年的。

年龄在变，喜好也会变；年龄在变，见识在增加，却不是越来越喜好新鲜的事物，开始读中国古代文人造园的故事，也开始在世界各地偶遇各种院子、理想的院子。

意大利的山间庭院

朵朵能开口说话了、也能自己走路了,我们一家三口,有了一次随心所欲的欧洲之旅。

怎么个"随心"法呢?在意大利不看任何攻略,地图上选一处有海的地方,就直接开车过去,然后偶遇到最壮阔的倚山海景,还有一片荒废的城堡;选中一片托斯卡纳风格的建筑聚集地,无意中闯进一家历史悠久的葡萄酒庄;随意找了一家人多的街头比萨小店,竟然就吃到最好吃的比萨;还有一天晚上,吃饱喝足,然后现选了离我们最近的一家山顶旅店,没想到大门很是隐蔽,我开车来回找了三次也没找到,店主只好带着灯出门来接,当晚沉睡,第二天早上推开窗,却和昨晚体验完全不同,一切豁然开朗,庭院细节很是动人;一家人,在旅行的好时光里,遇到偏远幽静的山间庭院,一切也恰到好处,给了我们满满的惊喜!

妹妹嫁到瑞士,那是很长的一段爱情故事,那是他们的故事。我在这里要说的是一个牛棚。

妹妹和妹夫住在瑞士的一个半山腰上,背靠一片森林,其余整山几乎全是草地,成天供奶牛啃啊啃。妹夫给我介绍,半山腰往上的草地和森林,都是他们家的院子。

嗯,山上除了他们家的院子,还有一个木头搭的牛棚。

瑞士半山腰的牛棚

牛棚当然是用来养牛的,不过那是很久以前的用途了,瑞士小伙子瑞福喝着自家牛的牛奶,长大以后、长得很强壮以后、长胖以后,也像中国农村的小伙伴们一样,像我一样,往城里去,找了一份工作,然后牛棚就没有用了。

牛棚之所以选在那个位置,还有一个原因是那里有一处山泉,真是美妙,小木屋、山泉、草地、森林,像极了童话。

妹妹的爱好是美术,我曾鼓励她把牛棚改造成一个"半山艺术馆",全球最小却坚持个性和特色的艺术馆,一次只展出一位艺术家的作品,条件成熟后,还可以造一个艺术家驻留地。

可惜她忙于打理两个孩子,那是她目前最重要的"创作",目前还无暇打理她半山腰的艺术馆。有时候我很是着急,甚至曾经"恐吓"她,要是他们再不动手,我哪天去挂一块清源书院的牌子。

另一个院子在洛杉矶。

那里的地势比较奇特,一个山头上,有一东一西两户人家,其实也只能容得下这么两户人家。我看的这一幢,房子正在出售,可以看出来，它已经很久没有打理过了。但是破败之间，仍能显现原来主人对生活的热爱与追求。

车停在山顶的中间，从西边走进院子里，山顶上前后左右的院子大小恰到好处，再向东沿阶往山下走，还有在小树林里面改出来的一处又一处空间。最让人赞叹的是，院子两边的视野极好，房子南北，一面对着一个城市，尤其坐在客厅里，放眼望去，一切尽收眼底，十分大气；晚上倒一杯酒，看两座城市灯火辉煌，又会是怎样的一种感受呢？

美国山坡上的院子

北京郊区农村小院改造简史

房租交过了，合同签过了，我和房东约了周末交房。他用一周的时间，把一些私密的、值钱的东西搬一搬。

为了庆祝咱是在北京有院子的人了，周五晚上我喝了支红酒，没承想周六早上六点，朵朵老师就开始哼哼唧唧，爸爸起床给她冲了壶奶，喝完她竟然兴奋得睡不着了！她不睡，谁也别想睡，妈妈眯着眼，她会用小手指点一点妈妈的嘴唇，那就是让她开始讲故事。爸爸到处抓她，穿衣服，穿好衣服发现又尿了，又要脱下来换尿不湿。

忙活到九点，开始吃早餐，十点出门去怀柔，我已迫不及待！

其实，在北京有了一个小院，我遇到的第一个难题是，还没有完全得到徐老师的支持。

为了不至于全盘被否定，我低调且有技巧地推进租院大业。除了冲奶这一类必要的表现，在地下车库，我还看了一眼顺风车，竟然有顺路的乘客，我接了单，并第一时间把订单截图发给徐老师，加上接送的时间，总共用时一小时，高速费20元，顺风车收益60元，这是去小院第一周的第一趟行程，也是理想和现实的成本和距离，必须得有一个好的开始。

房东魏哥把钥匙交给我，嘱咐了一句：只要房顶还在，这样那样怎样都行，余下的一切都交给你了。说完他就撤了。

这是小院改造前的样子

一切越是乱糟糟，我心里越是满心期待。

这种感觉，像极了18岁的我，第一次来到北京时的情形。当时我连个行李箱都没有，只有一个黄黑相间的大背包，背了稿纸和书、几件衣服，还有沉甸甸的文学梦想。

这种感觉，也像极了23岁时，我拖着一个行李箱告别北京，到南京上学，到的那天下着雨，我有意不打伞，全身上下湿漉漉的，心里面的那个少年，却在雨里面跳起了轻盈的舞！

这种感觉，还像我和徐老师领了结婚证，尽管开始只有一间小小的房子；再就是我选的工作，一开局往往都是从零开始，然后一点一点打磨出来应有的样子，一步一步取得成就，并得到理所应当的肯定和回报。

这一次，依然如此。如果有一些不同，那或许是想早点收拾出来个想象中美好的样子，让徐老师和朵朵早点来，在一起。

动工纪念：问渠那得清如许

动工纪念，第一件事就是放水浇地

打扫出来一个布娃娃，在大缸里给它洗个澡

换上衣服，马上就动工！

盘点家产，清理杂物，约装修工……

左右邻居上门来访，东边老奶奶问了几句话，西边大叔捡了个果木剪走了。

吃过饭继续，继续忙活。晚上在小树家留宿，地主小树大哥，还在操心他的100亩地，我帮他做了一版众筹方案，洗过澡已经是凌晨一点，很累，睡得很沉。

杂物越收拾越多

几乎每一处都有杂物需要清理

爬上香椿树,放飞自我

地主树哥,前来帮忙

没想到,早上起得又很早,像朵朵一样,兴奋得睡不着了!

在村里吃过早点,又到院里转一圈,看看昨天的劳动成果,量一量窗台、院子的尺寸,下一步就要置办很多东西了,例如花花草草、种子、劳动工具……

时间一晃就过去了。中午返回城里参加同事大莹儿的婚礼,衣服换过劳动服,只是鞋子却忘了准备,来不及回家换鞋了,打算一会儿在酒席的桌子下面藏好。

副院长江寒,累得晒着太阳秒睡

晚上,西蒙从美国回来,一起吃一顿烤羊肉,那一年在美国,素不相识,只是朋友牵线,他便帮我们一个大忙,并请我和徐老师吃了一顿意大利餐。味道已忘记,情谊要记着。

我和他说了自己在北京的院子,说了一直在规划的事情,我们同时记起,曾经在他美国院子里喝过的那些啤酒,那里天空明朗,傍晚温度宜人。

我相信用不了多久,自己北京的院子也能招待朋友们啦,也会像西蒙的院子一样惬意舒适!

清理杂物也有很多小惊喜

装修：彻底断舍离之后疯狂恋物癖

清源书院建设的第三周，活儿越干越多。

每周劳动两天，很累，不过也很充实。身上沾了土，洗过澡神清气爽，或许，这样洗澡才算得上没有浪费水。

拆掉原有的天花板，露出来老房子的粗木大梁和圆木顶棚

把顶棚和大梁打扫干净，再把连接的洞口用石膏板封起来

主房已经装修好了，装修除了粉刷白墙等常规操作之外，最主要的改动就是把中间房间的顶棚天花板打掉了，打掉之后，把两边密封，与下面的墙面合为一体。改造之后，屋子变得敞亮了许多，不再那么压抑。后来，我在这个房间自制了圆木书架，把它变成了书房。

院子、厢房的厨房、厕所的改造还在继续

院子很大，细节和困难也有很多，整体超出我的预期。我找树哥帮忙，雇了北年村里的几位村民，加上市里来帮忙的朋友，一起做了很多事。

一车又一车地清理垃圾,虽然辛苦,却非常有成就感

清理杂物工作持续了很久,香椿树下,有煤、土、砖、水泥板,往外运了十多车,这是个体力活儿

重新铺上砖,大树底下会改造成一个儿童乐园,有滑梯、秋千,还有我的拳击沙袋

往垃圾场送垃圾,同时也相中了一个石磨,可惜整不动,搬不回去

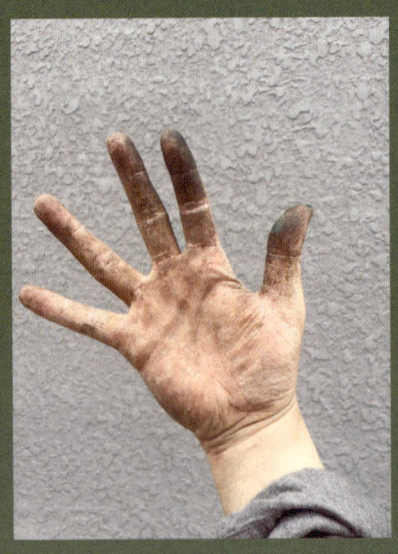 

房东魏哥应该很是开心,收着房租,还有免费劳动力尽心尽力地帮忙打理院子

有时候饿了到村口馒头店买几个刚出锅的馒头,劳动后胃口好,还真是香

房子的质量很好，标准的北方民居

    整理院子时我能感受到魏爷爷的勤劳，他是一名铁匠，所有的生活设备凡是能用铁做的，他一定会亲自做，梯子、椅子、桌子、柜子、架子，在恋物这个方面，我和他也有很多相似之处，他收集了许多木头和木板，长短不一，最长的那一根，我打算用来做一根旗杆；最让人感慨的地方，是老爷子收集了许多建筑材料，砖有一堆，宽窄厚度不一的水泥板有一堆，散落在院子各处。数量之多，让我既欣喜又头疼。关于这一点，下一节还会讲到。

开荒：院子里藏了一箱子元宝

院子里有一些硬化的地面，门口还有铁架子、绿铁皮搭的棚子，我和房东商量，我能不能全给它们拆了？魏哥很痛快，还是那句话：只要房顶还在，其他随意。不过，随后他又神秘兮兮地和我讲了一件事：他家曾经祖传下来一坛子元宝，金银不详，从他的爷爷传到父亲还有据可查，可是父亲临走时没有交代清楚，这坛元宝并没有传到他们兄弟这里，经过综合分析，魏哥说这坛元宝极有可能就埋在院子里！

魏哥这么信任我，我自然不能含糊，我说魏哥您放心，这事交给我了，挖出来后保证不昧下来，至于怎么分，我听您的。

这真是一个传奇的开头啊，别人去书里看南派三叔虚构出来的盗墓故事，我这儿却有一个现成的挖宝游戏。

放眼望去，院子不大不小，把硬化路面敲掉，再往底下深挖一遍，应该也用不了太久！

事实证明，我还是太幼稚了！这件看起来简单又有趣的事情，陆陆继续花费了我近一个月的时间。最后，不得不找了很多人，和我一起来完成。

不得不说，小院真的是一个"宝藏"啊！

满手是泡的我挖开第一层水泥路面，下面是一层石子沙土，清完石子，又出现一层正方形水泥砖，那水泥砖真是好东西，又沉又结实，一个壮劳力勉强才能搬动一块，要命的是，挖完第一层，发现下面还有很整齐的一层，更要命的是，挖完第二层，下面竟然还有一样大小、一样整齐的第三层！

什么元宝啊、什么理想啊，都抵不过体力透支和心态崩溃，说好的耕者有院呢？想有一方土地竟然这么艰难！

请求外援！村里的大叔一边挖一边给我们讲故事，原来住在这里的魏爷爷有一个爱好，平时喜欢骑着三轮车到工地上捡建筑材料，捡了一块铺一块，捡齐一层码一层。

终于，三层元宝终于全挖出来了！不是，三层水泥砖都挖出来了，不能再往下挖了，他们说再往下是老院子的地面，还有一个沼气池，原来的地基低，老爷子硬是用水泥砖把它垫高了。光是用电动三轮车往外运水泥砖，他们两个人又用了一整天！再然后，召集了全北京最强壮的六位文艺男青年，往院里回填土，又用了一整天！

房东心也是大，再也没有过问我挖元宝的进展，我也再没跟他提过这件事情，彼此心照不宣。

挖出来一块"敢当"石,也不知道是不是文物、需不需要上交

老瓦当

挖出来一块喂猪的水泥槽子　　用挖出来的青石铺了一条路

去掉了大部分硬化水泥层和石板之后的院子，虽然仍然简陋，却已经生动了许多

书架：原始森林牌手工书架

约了清源书院副院长江寒和在天津上班的高中老同学吕风春，又是周五下班后出发，三位壮劳力到达小院已经是晚上 11 点，吃了一只山东扒鸡配毛豆花生，喝几瓶啤酒，晚上 12 点开工搭书架。凌晨三点搭起来了一个，整体还算牢固。

第二天睡到下午 3 点多，开工继续搭书架。晚上开小灶奖励三位壮劳力，喝酒吃肉。

白天太热，做不了什么事情，费力气的事情尽量放在了晚上，然后又忙活到凌晨三点。

一直忙到周日中午，终于有了模样。

这一周是进展最大的一周。起码，有了书架，最重要的是：书架有了，"书院"遂名副其实。这个纯实木、圆木上还带着树皮的朴拙书架，花费了我们很多的精力，把杉木一根一根按尺寸裁好，用自攻螺丝钉一根一根固定到一起。

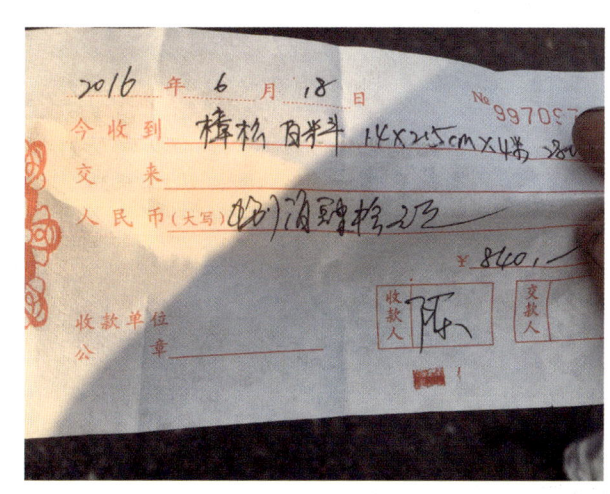

家里有了梧桐树,不愁招不来金凤凰。

书架有了,书就不是难事了!

这里是北京,且我工作所处的行业,正与图书、出版有紧密关联,朋友们也大多是爱书之人,很多书卖了可惜,留下来却又占地方。

所以,我仅在朋友圈把书架的图片一晒,要给清源书院捐书、赠书的消息就弹个不停,再约一辆货车,根据位置绕着北京各区拉上一圈,货车就满了,书架也立即满了!

摆书也是个体力活儿,分门别类,一直摆到半夜

书都上架后,小院从此有了自己的气质

做门楼：有茅草顶的陋室，惟吾德馨

农村小院的改造，最让我头疼的，除了院里的地砖，还有门楼。原来的门楼是用钢管加蓝色铁皮搭出来的简易棚子，倒是很实用，可以存放三轮车或农作物，遮雨挡风。但是，好丑。

我们三下五除二给它拆掉了，接下来换成什么风格的门楼，倒是有些纠结。

最理想的是带挑檐的小门楼，或砖加瓦，或实木，我打听过村里的人，没有人会做，从网上定做，贵不说，又有尺寸、安装等这样那样的困难，而且毫无特色。

手工原始森林牌书架，给了我和江寒很大的信心，不如门楼也手工做一个得了。

从零起步,取现成的材料,动用各种工具,我和江寒克服了许多技术难题,直到后半夜才把门楼木架子做成

第二天又喊人帮忙,一起把架子装上去,接着再铺茅草顶

材料成本控制在了五百元以内,效果自认为还不错,就是邻居老奶奶很嫌弃,茅草顶让她想到了旧社会。

独一无二、最乡土最接地气的门楼有了,杨阿里院长亲笔题写的"清源书院"四个字也挂上了!

虽然字依然有点丑,但起码有了招牌,这四个字让它和其他的农家小院区别开来。

挂牌这一天,便是清源书院正式开张的一天!导航可查,书院的茅草门楼和那两个顶到大梁的书架,代表着这个农家院正式蜕变,成了杨阿里想要的一所书院。

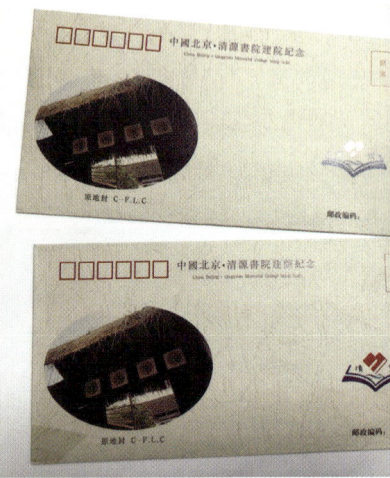

这是很有纪念意义的一周,后来江寒副院长为此特意设计了一枚首日封

牌子后来换成了一块木板,和原始森林牌书架统一风格

第一次在木头上刻字,字更丑了

幸好气势依旧

改造水电，融入乡村

这个小院子很普通，甚至可以说很粗糙，然而，恰恰是这个北方院子的普通，触动到我，让我感觉到亲切。因为，它让我想起自己在山东的家，那个由父亲母亲一手打造出来的房子，那个外观涂着褚红色、院子是水泥地的山东民居。

欧洲的妹夫瑞福随小妹回山东老家，他问：为什么不把老房子装修一下？

是啊，为什么不呢？

瑞福不知道的是，像我这样的中国年轻人，大多少年离家，往城里去，漂在姥姥不疼舅舅不爱的城市，从此以后，就回不去了，我是如此，我的妹妹也是如此，年轻人走了，家不就慢慢老了吗？最亲的人，慢慢地也离开那里，慢慢地，那里就仅留下来一点点念想。

院子几乎每一周都有变化，越来越好，越来越有样子。基础设施逐渐齐全了。

开槽　　　　挖沟　　　　铺管子　　　　和水井连到一起

回填需要用到水泥，父亲是砖瓦匠，我没有跟他学会建筑的本领，但学会了和沙和水泥。

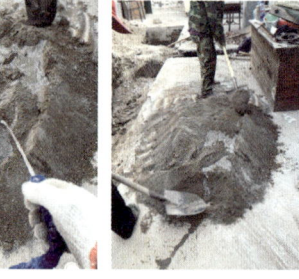

第一步筛沙子　　　　　倒进水泥粉，挖个　　水满了就开始搅拌
　　　　　　　　　　　坑，加上水

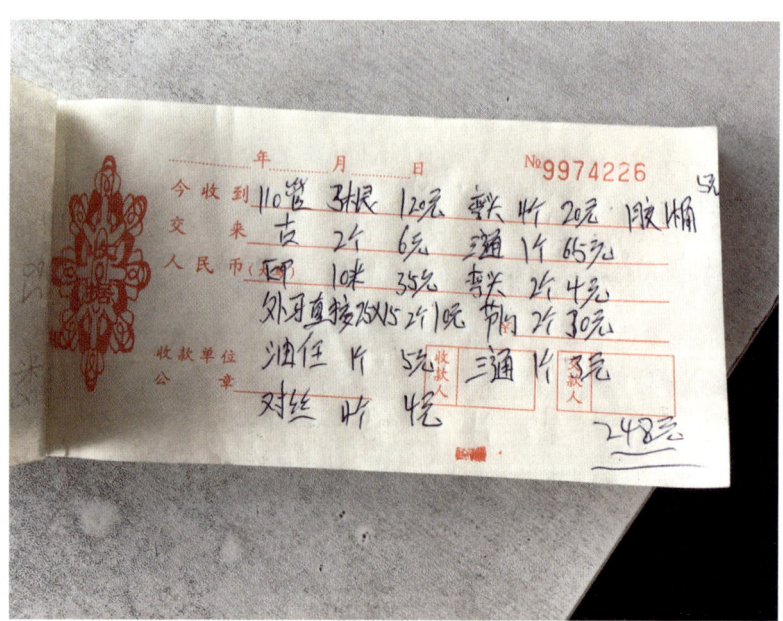

材料费

水通了！从原来院子中央仅有的一根自来水管，现在已经有了下水池，接到了厨房，接通了卫生间，并且接上了电热水器。

电也通了，开关全换了，插座也换了，灯罩换了，灯泡换了，电线也换了，空调加了氟利昂，三伏天可以正常运转，到了晚上，屋子里面也都亮堂了。

燃气还没有通，因为院子里面有大灶，点一把柴火，煮上一锅乱炖，厨房的用处目前并不太大，天为被地为床有大灶就有食堂。

最开始的时候，村里面还能找到人手来帮忙，一天八十一百元，倒也不算贵，雇工的最大好处，就是能和本地人聊家常。

这是迅速了解村子的最好办法。

康师傅不是方便面的品牌，而是我最早接触的村民，我很喜欢康师傅，而且喜欢的康师傅有两位，一位是中年康师傅，他说着笑着，帮我设计好了进水、出水，并掏出来一条大沟；另一位是老年康师傅，他手脚麻利，挖出来一个蓄水池，并且加班帮我铺好了地砖。

我能感觉到他们内心的从容。在北京这么多年，早已生根，没有逃离北京的想法，也不会把书院封闭起来，我会走进北年丰，进而融入到北京乡村里面去，这一点，对我更有吸引力。从某种程度上来说，这一点比好山好水或者逃离归隐更有意义。

灌浆麦子田，麦苗不用钱

有一天早晨无事，我开车在村子周边瞎转，看见有一处燃起一股烟，凑过去发现是浇麦子的爷爷点着了白杨树的落叶。烧枯叶杂草、浇麦子田，这个场景，我再熟悉不过了。

我也想在小院里面种点麦子，母亲说只能七八月份种，第二年才能长出麦子，现在我动了心思，我指着长得最旺的一排，问浇田的爷爷能不能卖给我一些，老爷爷却领着我走到地头，挖了几株零散的麦苗，告诉我，如果能种活的话再来挖。我给他钱，他看都不看拒绝了。

——这的确不是农村的方式，在城市里，我们习惯了花钱，挑最好的东西，简单随意，很任性，但是这里不一样。

移来的麦子长得很好　　丰收之后，第二年又长出来新的麦子

　　我喜欢麦子田，也喜欢村里人的勤劳和朴实。

　　父亲是位农民，如果他还在，小院的很多活儿，他能帮忙做了。当年我们在城里的房子装修的时候，他带着家把什儿来过北京一趟。为儿子做事情他很卖力，不过也有条件，要天天吃肉喝酒，我和爱人带他去天安门旅游，去家乐福买衣服买鞋子，这些地方不节省，不过，他不舍得让我给他租房子，虽然当时装修时窗户已经被拆掉了，他坚持住在那里。

　　能在北京招待父亲，我很开心，能在北京帮到儿子，父亲应该更开心。但非常遗憾，那是他来北京的第一趟，也是唯一的一趟。

　　在这个村子，我时常想起父亲。拌水泥灰的时候，我会想起父亲；铺地的时候，我也想起父亲，这对他来说绝对是小事，我曾经见到过，他在地里用零碎石头筑起来一个整齐的地堰。他也曾经像村里的康师傅那么努力，康师傅家里遇到过困难，但是他挺过来了，现在乐呵乐呵的。父亲有一句话叫"扶着磨棍不倒"，撑起一个家不容易，那时的母亲，很勤劳，有脾气，也还没有老。

粉刷外墙：价值二百元的托斯卡纳风格

小院完全不同于楼房，小院的细节被空间扩散开，一件事情往往会拖出来更多事情。

我有时候在院子里转了半天，一件事没有做完就去做第二件，第二件做了一半又去做第三件，最后发现自己好像什么也没有做，一天就过去了。

地翻过了，水电通了，室内装修好了，杂物也清理得差不多了，门楼、书架也有了，却总是觉得还是缺少了些什么。后来有一天，在院里转啊转，转啊转，突然意识到，小院的色调不对！太旧了，也太土了！

说干就干，当天就去找外墙涂料。最后确定下来的颜色是黄＋灰＋红，后来实例证明，这个颜色搭配得很好，院子一下子明亮了起来！

粉刷之前，小院的色调是这样的

依然是自己动手

刷过之后,色调是这样的

红黄灰，搭在一起很舒服、暖洋洋

至此，小院里里外外脱胎换骨，焕然一新

搭棚子：那一院子的绿荫和碎时光

搭葡萄架不难，几根粗木头，加上一捆竹竿，一天就能搭成。尤其有一种塑料扣子，一穿一拉，连绑铁丝的环节都省下来了。

种葡萄、种葫芦苗也不难，挖个坑，浇上水，种上去就好了。

完成上面两件事情，余下的就交给自然吧，她会把一切安排得妥妥当当！

植物的触须，可以精准地抓住每一处依靠，根须吸着水分养分，叶茎朝着天空攀爬，不停不休，几乎每天都会有新的进展，直直地爬到架子最高处后，再横着往架子上面铺，直到占据架子的每一处空间。

在院子里，我最近距离体验了四季的变化，见证了植物从小芽到繁茂再到开花、结果、枯萎的全过程，小院子让我感慨大自然的神奇，爬藤植物更是如此。不同物种的藤，向上、往外扩张的时候，虽争先抢后，却又井然有序，一点也不混乱，直到空间占据满了之后，彼此也都相安无事，各自从容生长，长叶子、结果，葡萄有红的绿的，大的小的，不知道为何，第二年有的枝会枯，但总会有新芽冒出来，葡萄品种和口味竟然一年一变，葫芦更是夸张，大的、小的、长的、圆的、两节的、一体的，还有各种瓜，一根大瓜够吃一周。

架子上爬满了葡萄和葫芦，结出来的各种果实，只是额外收获。其实对院子的最大贡献，是它们搭出来的一院子绿荫，绿荫把最烈的太阳过滤一道，绿荫下面，是温柔又明亮、惬意慢生活的碎时光。

在我看来，如果没有了这些，小院子就没有了性格，院子的乐趣也会少一半。

挂牌后试运行：偷得浮生半日闲

周六早上六点就醒了，我躺在土炕上，听到村里已经活动起来，公路上车响狗叫，大家见面打个招呼聊几句。

这村里新一天的开始，我一点也不陌生，像在家乡。

清晨的明亮阳光没有被遮挡，直接照进院子，我搬了把椅子坐下来，今天的事情很多，现在我什么也不想做，就想坐在这里发发呆，这两周连续叫村里人过来帮忙，他们上午七点半下午一点半开工，我也跟着他们一起开工，整得有点像周一到周五上班的作息，这周村里人都去外面种树去了，今天没办法过来，我才不用那么匆忙。

终于，我开始享受到小院的美好，此时想的是快点建设好，让朵朵和徐老师早点过来。

发了一会儿呆，想吃馒头配豆腐乳，那是家乡初中三年，我们学校的早餐，村里什么都有，不出一会儿全买回来了，还有两杯豆浆。馒头是刚蒸出来的，咬一口满嘴的面香，在自己的小院里面吃早餐，也别有风味儿。

正吃着，村里的地主小树来了。他最近在和外面谈各种合作，毕竟，在北京有100亩地，很有想象空间，大家逐渐都围了过来。他累瘦了，不过昨天晚上他喝了三瓶啤酒竟然没醉，很是出乎意料。

没承想，后面来的人越来越多，还有人带来了羊肉，大家自己动手，有人支起烧烤摊，有人负责买炭，有人生火，有人负责洗切串肉，我拿出朋友们送来的酒，啤酒混着白酒，很热闹，中午一顿,一直欢乐到晚上,又张罗了一顿,偷得浮生半日闲,就算作是清源书院的试运行吧。

有一次和作家水千丞聊起装修,她发现自己有一天在别墅里步行近万步,很是辛苦!

回过头来看,我又何尝不是呢,几年下来,为了三处院子蚂蚁一般忙碌个不停。幸好,我的动手能力强,且乐在其中,也就不觉得苦,每一张照片、每一段文字、每一道菜、每一次相聚,以及朵朵老师花园里面每一种植物的每一次生长,都有独特价值。换句话说,即使房东现在把院子收回了,我也不会有什么遗憾。

读者有书，耕者有院

耕者有院

院子的土地荒了很多年，十分肥沃，有一点水就够了，所有的一切，都在疯长，尤其是葫芦、黄瓜、地瓜、花生等生长得超乎想象！

如果说书和酒是院子的基础，大香椿树是院子的灵魂，雕花老木头条凳是镇院之宝，那么，花草瓜果则是"院子故事"最重要的内核。

几年下来，在院子里面的种植劳作，是我花费时间最多，也是实物丰收、综合收获最多的一部分。

虽是农民出身，但我实际没有任何耕作经验，另外时间也极其有限，每次劳动，都是匆匆忙忙、打仗一样。我从未想到，小时候在家乡极其厌倦的耕种，如今却在北京郊区变得如此有趣，让成年后的我欲罢不能、乐在其中。

说来也奇怪，小院种什么就能活什么，极少用肥料，生长茂盛，雨水多的时候，甚至还有泛滥生长的趋势！

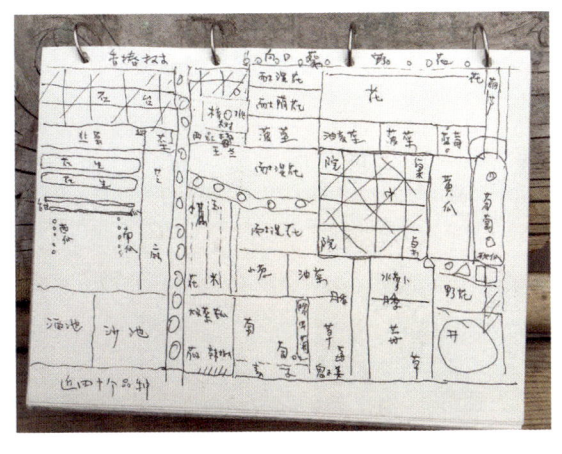

曾经很认真地画过种植地图，尽量规划合理，结合着高矮胖瘦成熟期周到考虑，后来发现那只是自己的一厢情愿，长着长着，植物就不再听话，长着长着，即便对着地图，也认不出它们了。后来就索性随心所欲，顺其自然，点瓜种豆、见缝插针，越是如此，越是有了许多惊喜。

读者有书、耕者有院，细数起来，小院种植过的瓜果蔬菜花卉，将近上百种。

种过人参，堪称业余种植界的最高难度，然后就没有然后了

蔬菜草本篇

土壤肥沃,蚯蚓一点也不偷懒

用木条把院子分成一个又一个方格

撒上种子,浇足水。一分耕作,一分收获,土地从不骗人

叶子菜、花生、地瓜、胡萝卜……种瓜得瓜,种豆得豆

除了蔬菜,还有高个子的玉米

红颜色的辣椒,只移过一次秧,后来每一年都长出新的来

青辣椒

葡萄架下的麦子,也是一样,隔年都会长出新麦子

过了一冬,会长出种子的大葱

有虫眼的大头菜,才健康

芝麻开花

节节高

芝麻倒是没有丰收,种下去一把,又长出一把

最爱吃的茄子

种在水池旁边的草莓，喜水

同样喜水的嫩叶子菜，摘了还长，
源源不断供应新鲜

西红柿对水的要求也高,一周浇一次的话,产量很低

水萝卜,少水就不嫩不辣,容易空心

有时候会带上一把蔬果去小树庄园串门,顺便蹭个饭

种下两株紫苏

第二年就能长出香喷喷的一大片,吃也吃不完

芹菜的种植难度也很大

喇叭花疯长

没吃完的生菜扔到土里,竟然还会长出来

开始的时候没舍得除掉,后来拉钩草占山为王

墙角的爬山虎也是根本控制不住,四株小小的苗子,两年后爬满整个院墙

尝试过挖到底,看一株野草的根到底有多长

总是会有一些精妙的地方

或者有一些羞羞的事情发生

含羞草从小小的一株,长成满满的一片,它会开出来粉色的小花儿,很漂亮

雨水多的时候,小院子仿佛成了热带雨林,当然,蚊子也会跟着来了

拔草是必修课

很磨性子,也会很有成就感

朽木逢春,也会发芽,如同这个老旧的院子,因为我的入驻,开始生机勃勃

瓜果篇

小时候淘气，会到自家苹果园里面，挑个头最大、颜色最红的苹果咬上一口

小院怎么能少了苹果树

第二年就结果了

可惜不好吃，需要重新嫁接新品种

种了小石榴树　　　　　　　很是惊喜，笑裂了

带回家给朵朵老师，酸酸甜甜

试着种过西瓜

然后没有然后了

种过甜瓜

然后也没有然后了……不是干死就是涝死

南瓜却很是皮实　　　　最后的个头会很大

还有爬上架子的苦瓜　　　　这对情侣瓜的造型很是别致呢，
　　　　　　　　　　　　　产自小树庄园

最高产的当属黄瓜

有时候晚上干活累了,随手摘下一支,泥都没有洗,可是很是水嫩清香

一周摘一次,足够吃一周

丝瓜青嫩的时候可以吃

长老了可以用来刷碗

各种瓜,随便摘一个,都能吃很久

草莓熟了

自己不太舍得吃，只是尝一尝

更多是带给朵朵老师,亲自浇的水,劳动的果实,吃起来很开心

大丰收篇

春天的小院子,总是不会让我空手而归

而且几乎每周都不重样,院子和土地的慷慨,有时候会让自己有点不好意思

已经没有办法统计,我到底从院子里搬回城市多少斤成品,市值多少

吃不完的,也会分给邻居、同事和朋友们,自从有了院子,人缘越来越好

鬼子姜不知道有多少人听说过 家乡会用酱油将它腌成咸菜，过了秋天，吃一整年

朵朵挖出来的花生，生吃或者煮一煮再吃，很是新鲜

拌炒煮蒸吃货篇

煮玉米

煮黏玉米

拌黄瓜

拌小青菜

清炒半只葫芦

炒苦瓜　　　　　　　　　炒香椿

鸡蛋煎香椿　　　　　　　裹面炸香椿

仿佛炸了一盘"云彩裹着春风"

韭菜越割长得越旺

切细

韭菜盒子

蒸包子

早起从地里拔葱两根

小青菜一把

十分钟一碗葱油鸡蛋面

难舍最后一棵菜

还曾托运了一把豆角到美国

葱花爆锅,这可是豆角面必不可少的第一步

　　下飞机后，切丁、爆锅、加肉翻炒、加水煮面，一气呵成，一碗小院葱油面，让离乡学习的朵朵记住中国小院的味道，想家、想爸爸。
　　——不管什么话题，总是能绕回到朵朵这里，应该也是父爱泛滥的一种病吧！

文玩核桃篇

小院不仅仅有吃的瓜果蔬菜,还有可把玩的核桃。

据说核桃花也能吃

文玩核桃曾经很贵,房东魏哥移了一棵树苗回来

后来种的人多了,价格大跌,租下院子后,每年摘果子的都是我

每年十月摘下来后,有一系列的工作要做

去皮

钢丝刷净残留

排队组合

配对

盘它！越盘越亮，越盘越红

葫芦篇

好玩的还有葫芦,虽然葫芦小的时候也能吃。

丝瓜秧和葫芦芽,同一时间开跑,谁爬得快,谁就先占领木架子

没有什么悬念,通常都是葫芦胜出

两节的宝葫芦

呆萌的瓢葫芦

切开后能盛水

长把葫芦

酒葫芦

能遮荫、好吃、能玩，葫芦还真是全能选手呢

怪葫芦

个头很大,去皮后晒干颜色很
好看,放在家里面当装饰品,
应该可以存放几十年吧

葡萄篇

掐指一算,自从有了院子,我应该喝了几百瓶葡萄酒,吃了几万枚葡萄吧!

一根藤,一百斤水

换来葡萄的无限伸展

丝瓜苗、葫芦苗、葡萄,都在小院里面伸开翅膀

从小小的一串

再到青涩的少年

铺天盖地

遮天蔽日

有一年，葡萄超出想象地多。我开始找原因，后来发现，或是因为我从欧洲带回来一尊大理石雕像，他竟然是国外的葡萄酒神。

丰收时，我会用中国的方式，给他摆个碟子，供奉上几粒最大最饱满的葡萄。

那是可遇不可求的缘分，让院子的春夏秋冬完整。

用钱能买来任何葡萄，买来成品葡萄酒，却买不来跟葡萄有关的故事。

绿色透明葡萄，吃起来却是十分的甜　　水分十足，青翠动人　　和库存国货绿色塑料小瓢很搭

也有红葡萄

饱满圆润　　　　　　小心翼翼包起来，带给老婆孩子　没有用化肥，长得大大小小，不规则

在秋天发现一串藏得很深的葡萄，很是惊喜　　虽然只有几粒，但每一粒都是精华　　最惊喜的是冬天发现几粒冻葡萄

抬头见喜,大自然的构图总是让人欣喜

植物,总是能保持那么清新、那么优雅。

院子里的那株含羞草越长越大,一旦开了粉色小花,有点不再害羞的样子。细树干的石榴树,竟然结了两个大石榴,枝条都压弯了!第二年,经过一个冬天,轻装上阵的石榴树,又长出了绿叶子。第一年种下的猕猴桃,后来就没有后来了,树苗还在长着,但到现在也没有长出一枚猕猴桃。

经过寒冬,长了一年的大葱,开花了!没开花的葱,切成葱花,配上新鲜小菜、一枚鸡蛋,做成一碗葱油青菜面。

在院子里面吃饭也容易走神,云彩看上去也很好的样子。

叫不上名的小菜,争先恐后地钻出泥土,冒出头来。

从此与自然更为亲密,满心欢喜,仿佛回到了少年。

朵朵老师的花园

朵朵出生前一天,我看到一朵特别漂亮的花儿。

于是她的小名,就是"朵朵"。

她总是给我和妈妈惊喜,她是个小天使,教会我们许多东西,后来我们称她为朵朵老师,朋友们也习惯了喊她为朵朵老师。

小院除了种菜种瓜,还会种花,我给有花的院起名为"朵朵老师的花园"。

花在盛开的时候,也是她生命中最美、最动人之时,娇媚、鲜艳、绚丽、烂漫,姹紫嫣红且芳香。关起院子大门,院子即是一个独立的天地,每一朵花,都有一个世界,把短暂和永恒呈现得如此完美。

花其实比蔬菜种起来难度更大。

我曾经实验过用纸杯自己育苗,也成功过,但是后来限于时间,放弃精细化,尽量只选本地易种花苗,或易活品种。

例如月季，各种颜色的月季

经典的向日葵自然不能少

蜜蜂是常客

每一朵花都有一个蜜蜂好朋友

五颜六色,真是精巧

粉色的是含羞草开的花,白色的是韭菜花儿,如果不是自己体验,又怎么会知道

路边捡来的花,在小院里也能长得很好

生怕错过花儿最美丽的每一瞬间

它们是院子的底色

因为这些花的点缀和装饰,院子更加生动,更有灵性

每周只能来一次,但也不能错过其他五天,于是一不小心,就成了采花大盗和插花大师

随意组合,放在任意一处,都很好看

老婆孩子热炕头

1

"有书有院有书院,有酒有肉有朋友",后面可以再加一句"老婆孩子热炕头"。

自从有了孩子,生活就在发生变化。一切不能再按着两个人的节奏和规律,睁开眼闭上眼,几乎一切都在围着朵朵转。

最开始的时候,徐老师吐槽我一到周末就跑掉了,其实不然,我很想快一点给孩子一个不一样的空间,当然,也是给我们自己。

朵朵在城里的生活,和别的宝宝没有什么不同:

朵朵刚学会走路,晚饭后会到楼下的711转一转,给多多猫买一盒猫罐头,给自己买一块糖

逗多多猫

在阳台上K歌

模仿妈妈打扮自己，臭美

穿着大拖鞋到处走

看书

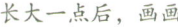

长大一点后，画画

最享受的是抠着脚丫看动画片

有时候会陪爸爸喝一杯，奶

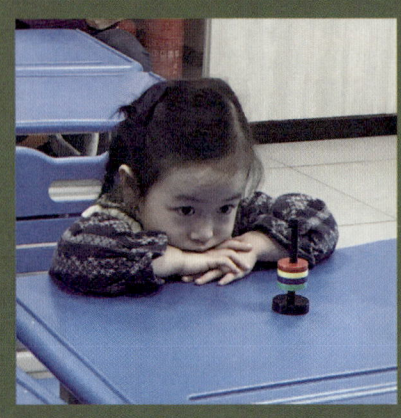
"这些题根本就难不倒我",参加培训班有些无聊

和小兔子朱迪一起过家家

亲近自然的唯一机会是逛逛公园

2

直到朵朵的爸爸有了院子，朵朵的生活开始有了些变化。当然，变化也不是一下子就来的。

小院还没有装修好，也没有收拾出来样子，我盛情邀请徐老师和朵朵老师来一趟，和我一起分享喜悦。

后来事实证明，那真是个错误的决定，从头到尾都是！

首先，当天雾霾很重，天阴沉沉的，徐老师一路上皱着眉头。

到了村里，发现有雾霾的空气里面还夹带着柳絮，飘来飘去，半死不活很烦人！

进了小院，徐老师发现除了无法正常呼吸，连坐的地方都没有，到处都是土！她已经开始不开心了！

看着朵朵老师浇水、撒菜种，她稍稍平复了下来，刚刚想到一句既来之则安之吧，结果朵朵老师一不小心一脚踩空，倒在了自己刚浇过水的地里面，沾了一身泥浆！

第一次来小院的城里小孩，打扮得很精致

很勤劳，主动承担起给小院浇水的重任

浇浇葡萄，秋天能吃到自己的劳动果实

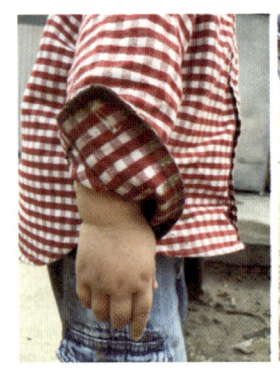

哎呀,一不小心摔到泥里了

　　朵朵老师也是唯恐天下不乱,张嘴便哭,徐老师这样找到了爆发理由,张嘴就开始数落我!

爷俩儿站好了,在事故现场,听徐老师训斥和教导

接着浇草莓,开春了要吃自己培育出来的草莓

两人的衣服都湿了,被紧急喊停后,城里姑娘换了一套打扮,变成了小村姑,鞋子有点不太合脚

好不容易安抚下来,我说我带你们去村里给朵朵买双鞋子、买一套换洗衣服吧,并自作主张地搬出来人力三轮车。

朵朵还从来没有坐过三轮车,又开心了起来,立即爬了上去;徐老师安慰自己既来之则安之吧,迈脚往上去,结果又听到"刺啦"一声,她的裙子竟然被三轮车上的一根铁丝划出来一个大洞!

……后来就差一点没有后来了。

来地主小树叔叔家做客,摘几朵花

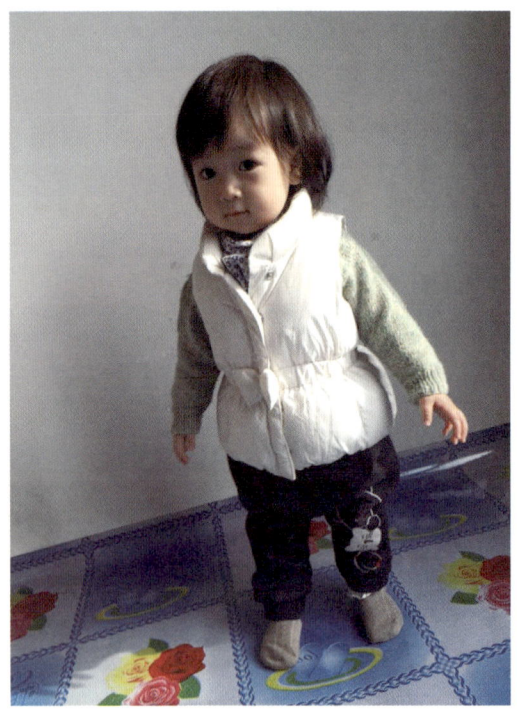

这是朵朵第一次来北年丰村时的照片,应该就是在那一刻,我下定决定要实现"老婆孩子热炕头"的理想

3

终于,院子里外弄得差不多了,我和徐老师说,春天来啦,去种花吧!

我给她描述了百花盛开的美景,徐老师忘掉了以前的不快,开始热情高涨,花重金从网上买了许多花种子,有观赏的、有驱蚊的,大多我都叫不上名字,除了网上的广告图,实物也从来都没有见过。

为了减少种花的难度,我提前和江副院长把地翻了一下,把沟刨了出来,还剩下很重要的两个步骤:洒上种子、浇水。

徐老师带领朵朵老师,辛勤劳作了一个小时,大功告成

可是，问题来了！第二周她迫不及待地回来看，花种子没有发芽；第三周再来看，花还没有发芽；第四周她不愿意来了，找借口说城里有很多事要做……绞尽脑汁，我从花市和菜市场买回来很多成品花秧、本地花种子，总算把仍没有冒芽的花园凑满了！

又缓了一周，当徐老师率领朵朵老师再次来到小院的时候，她眼前一亮：哇，花全长出来了！

她给朵朵老师讲，看，这里是你种的，那里是我种的，这里那里是咱俩一起种的。

然后拿出手机拍照，坐在千秋上边感慨边发到朋友圈：忙碌了一整个春天，终于可以享受这一刻了！

4

中秋节在北年丰村度过,国庆节也在小院里面过。

村里也很好玩,例如 朵朵追着一群鸡到处跑
去小树庄园做客

掏鸡蛋掏鹅蛋

指挥大鹅

这个大鹅蛋有点舍不得吃

自制月饼，在小院过中秋

热爱劳动的小朋友

使出吃奶的力气摘黄瓜

挖花生

朵朵最喜欢逗院里的含羞草,一碰叶子就缩起来

摘辣椒

徐老师说,我们仿佛是一个模子里倒出来的圆脑袋,包括头顶那个大葫芦

浇水的乐趣,其实是在偷袭爸爸

去100亩地的小树庄园拔萝卜

左手一个瓜,右手一朵花

小院来了好多小哥哥小姐姐，朵朵很想和他们一起玩

在小院的大炕上过家家，哥哥姐姐们玩得很投入，朵朵太小了，只能做一个小观众

每年的例行任务：刨土、挖花生，又长大了一岁

去小树庄园挖地瓜、吃高粱甜秆

爸爸自制的自来水洗脸盆

在胡同里疯跑

笑成小傻瓜

打扫院子

在大炕上吃早餐、吃葡萄、晒太阳,这就是传说中的老婆孩子热炕头吧

看书

每次来都有干不完的活儿

香椿树下的秋千还是深受朵朵和徐老师喜爱

院子宽敞，搭个水塘，冲凉、玩水枪

小院模特

躲猫猫

在城里和好朋友们办一场生日派对

来到小院子又收到爸爸送　吃西瓜、欣赏小丑表演魔术
的生日礼物：小蚂蚁须须

爸爸在另一边炖了一锅排骨，欣赏完表演就开饭　在小院陪奶奶过六十大寿

逗逗猫:小左和小右

以及他们的孩子:小黑、小白、小花花

回过头来看这一切,都是满满的美好回忆

冬天也来小院转一转

晃几下秋千，闭着眼摆几个美美的造型

当年，我在江南古村落安家的愿望，此时在北方村子里面，圆满达成

为什么喜欢小院？不是因为这里能敞开喝酒，恰恰相反，我最想的是在这里安静地写写字。只是，创建一个书院，并不是到深山中隐居，而是找寻一种热闹和安静之间的平衡。第一年主要投入在建设上面，我试着在有限的时间里面，尽可能地做更多的事。我越来越喜欢这个小院，我付出了努力，并一点一点收获，就像秋天来了，院子里的收成也很多一样。朵朵也开始喜欢这里，这里接地气，她不必再局限在城里那个整洁，但跟院子比起来却很小的空间，她可以在这里和小伙伴们一起玩，她可以很骄傲，这是她的院子，也有她的花园。

这里也是一个家，除了吃喝拉撒睡的基本功能之外，还挂着书院的牌子，有书有酒有花有草有宽敞的房子有肥沃的院子。

小院承载了我们一家人的许多美好！

清源书院美好记忆 TOP50 集锦

村子里、院子里的生活，总是有做不完的事情，不过，即便什么也不做，有时也总是丰富精彩，总是会有一些不经意间的小细节、小美好。

例如秋天午后阳光下，院子里的一壶茶

君子之交，和朋友们畅谈

有时候配一把花生米，阳光是必不可少的

郊区的天空是酱式的

坐在小院中央,往天上看,是酱紫的

院里茂盛生长的植物,把小院子和天空连接到一起

小院刚浇过水,石头小径也变得清新、温润,当年铺的时候,还特意要了一点点曲线

石头小路两边长起植物来,显得更完整

砖头路就显得有点呆板了

有时候七星瓢虫会过来串串门

有时候,有的家伙会做一些羞羞的事情

小蜜蜂自然是没有空的,每天都在忙,实在看不懂

朵朵老师有时候会做出一个奇怪的礼物送给我,很有设计感

受她的启发，有时候也会试着收藏几朵花

很是喜欢院子里面的一切，总是能够和谐共处，人与人、人和植物、植物和铜、铜和木

能和谐相处的还有我的书桌，虽然凌乱，乱中却也有自己喜欢的一切，例如陶、砖、石

嫌晚上寂寞，我从外面引进了一位歌唱家

它也很喜欢我的院子，酒足饭饱后，晚上真的唱了起来

院里的植物总是茂盛得让我惊讶,我没有像农民或者园丁那样,给它们确定KPI(关键绩效指标),它们反倒更加撒了欢儿。例如从水塘里面随便捞了一些草,就这样了。

在城里地下停车场的垃圾箱边,捡到一株快死的花,栽到院里没几天就长出来新叶子,绿油油一片

丝瓜克服地心引力,朝上长

老木头上也长出来可以涮火锅的小菜

砖上面,长出来嫩绿叶,虽然艰苦,却足够自由自在。我很喜欢

院里还有其他一些守护者。例如持一柄枯藤，愿者上钩的姜太公老爷爷

从大老远国外赶来的七个小矮人

冬天还有很多乐趣，例如冻丝瓜瓢，洗碗很好用

以树枝为笔　　　　　　　　蘸墨写字

休养生息的冬日小院

种花的小姑娘　　　　　　　就连新收获的老玉米也很是好看

村里有时候会停水,我会推车去隔壁奶奶家借两桶不用还的水

村子外面,同样有精彩。

附近的村子,因为要建北京电影学院新校区,整体拆迁,村子里面留下一个石桌,我费了许多力气把它搬回了小院。

石桌面上,有一处是水滴出来的坑,所谓的"滴水穿石",足见历史久远,很是珍贵。

滴水穿石

有时候泡壶茶,我会给石头桌子也倒上一杯

  年丰村还有一档传统民俗文化活动，名叫善缘老会，原名灯花会，据称清乾隆二十八年（1763）四月初八，善缘老会应邀参加丫髻山庙会，适逢乾隆帝到此进香，看过年丰村庞大的花会队伍和精湛的表演后，龙心大悦，当即御赐龙旗一面，赐年丰村花会为"善缘老会"，此后历经兴衰，流传至今。花会鼎盛时，项目达十三档之多，表演程序分门旗大筛、开路、狮子、少林、五虎棍、小车、坛子、跑驴、高跷、一枝梅、地秧歌、十不全、吵子。

村头,小树庄园里面有漂亮的荷叶

像甘蔗一样的高粱甜秆

漂亮的晚霞

绚烂朝阳

照片墙

屋里大炕旁边，特意准备了一个照片墙，用来存放那些美好瞬间。

每每有新朋友来访，院长都会持一根木棍，逐一讲解一番，心中满是自豪和喜悦。

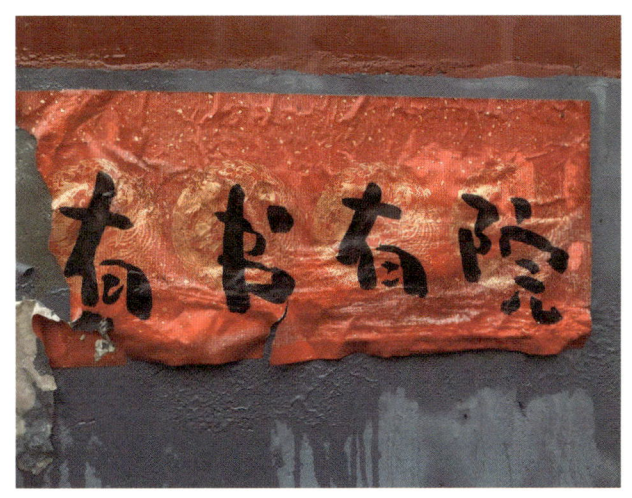

这些细节没有美颜，所有的图都是茶余饭后劳动间隙随手一拍，这些图记录并还原了小院里面发生过的瞬间，它们其实也是这么素面朝天。

或是因为小院在北方，我和我的小伙伴们都可以容忍它有些粗放，有些不够精致、不够完美，有时候也是忙得实在顾不上。

不过虽然如此，小院仍是较好地满足了我那个"有书有院"的理想。

"时光"老物件博物馆

小院里面,藏了一个名叫"时光"的老物件博物馆,虽然没有正式挂牌,但散落在院子里面的细节,随处可见。

小院除了让我创造,简称"造"之外,还有一个重要的功能就是安放,有充足的、独立的空间,将我的喜好充分展示开,每一步、每一处细节都让我欢喜。

例如这个写了"时光"的相框,来自于北京大柳树鬼市,五块钱。

——往返打车费180元。

来自美国的老画框,微醺后写了"微醺"两个字,重复不得。

我曾总结过我的收藏品类,最后的结果是没有办法分类,一定要找一个共性,那就是与时间有关,均被时光打磨过,或可以经得住时光打磨,所以起名为"时光"老物件博物馆。

同样的一款是武汉金银制品厂的镀金相框,衬图生动活泼,金边精细,很有质感,虽是老物件,却没有使用过的痕迹,近乎全新。

相框来自于清华大学西门处的一个老书店,当时搬家处理旧书,不舍得那么多的书卖那么少的钱,恰好遇见这个相框,也算得上是等值交换吧。

后来这个相框用于放朵朵老师的照片,很是漂亮!

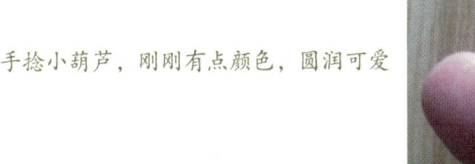

手捻小葫芦,刚刚有点颜色,圆润可爱

双鸽牌中文铅字打字机,当年有钱也买不到,是特定用品

为打字机还配了一台油印机,当年学校的试卷都是用它印制。为了买到油墨和油纸,颇是费了一番周折

木刻活字

老印泥

青花小瓷盘

老砚台，虽然有损，却依然不影响　木雕砚台
它的精美

父辈当年喝过的老酒，产地烟台或栖霞

萌老虎版老式玻璃烟灰缸

《芥子园画传》　　　　　　　　　　老摆钟

老家具，这是当年女主人的嫁妆，喜上眉梢，传统吉祥，手绘图案中依然能看出新人对美好生活的向往

铝皮老式暖壶　　　　　　　　　有点像木鱼的梆子，很想有一天半夜
　　　　　　　　　　　　　　　绕村子敲一圈儿

老油灯　　　　　　　　　　　　库存老油灯

我爷爷曾经用过的煤油灯　来自国外的迷你小油灯　室外小油灯

老式花瓶，很有形

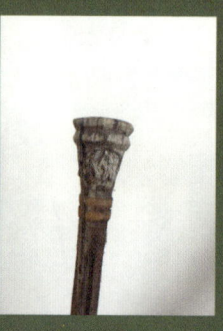
连铲子的小木柄都这么讲究

砖刻石狮子

卧室里的古董级老木头床，不知道什么材料，睡起来很是踏实

这个在村里现代了一些，身为年丰村有为青年，没有一辆摩托怎么可以，附近村淘来的

很是拉风

财神来自北京大柳树市场,寿星来自泰国,风格一致

这些石头、砖头、木头都是有讲究的

战斗过的地方,和正在战斗的单位,都有一个纪念

三条老板凳　　　　　　　　时光打磨，现代工艺制作不出来

镇院之宝老条凳，特别结实

打酱油的小板凳　　　月饼模子　　　　木如意

朵朵老师属马,所以从她出生那天开始,喜欢与有马有关的物件。这一款大铜章是我的最爱,其中有一匹带翅膀的马,来自于意大利,很古老的年份

这一款铜马,是日本某雕塑大师作品,名为飞天,花费了我一笔巨资

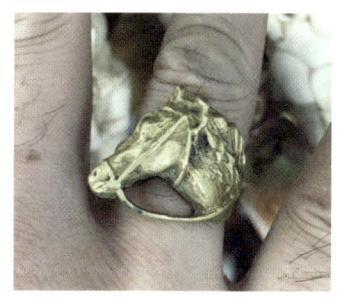

还有一枚来自美国的铜马头戒指,十分惊艳

院子里面还有一匹胖胖的石头马

大理石马,这一款很新,但也开始有时光打磨的光泽

老铜铃铛　　　　老铜汽灯　　　　拍起来很响的铜镲

国外来的铜锁　　铜木匠工具　　　一款老的铜水龙头，改造成抽屉把手

阿拉丁神灯　　　书院还存了很多石头　　最爱的老青石桌，是由一块整石凿出来，堪称"镇村之宝"

有点像弥勒佛　　自己雕了一条　玉雕小器皿
　　　　　　　　鲨鱼，一点也
　　　　　　　　不吓人

不一样的风琴　　老时光，老蜗牛

来自泰国的铜盆　　小鸟窝

非礼勿听　　　　　海绵宝宝是我的最爱　　铁皮机器人

能转起来的铁皮小飞机　　小蚂蚁须须和大牙牙象

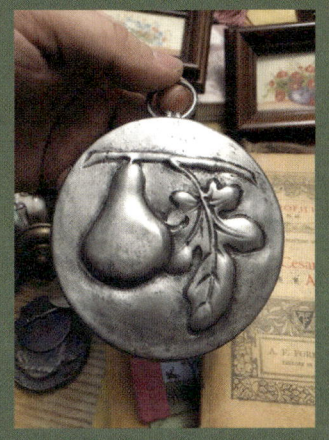
银葫芦，还是梨

银壶

小银盒子

镀银盆

老铆钉

"时光"老物件博物馆的"藏品"，来自世界各地，每到一个国家，类似于北京潘家园和大柳树旧货市场的地方，我是一定要去的。还有逛国内某鱼等各种渠道，有的花了很多钱，有的很便宜，有的以物易物，有的甚至是捡来的。

　　断舍离的另一个极端，或是恋物癖或者是收藏爱好，小院的藏品，其实并不值太多钱，只是没来由地喜欢，而且我发现有同好的人，很多很多，大家一聊到这些老物件有关的故事，无不眉飞色舞。这些老物件，无论是关于个人的，还是体现时代特点的，抑或有地域特色，混搭在一起，存放在那里，会让我欣喜，感觉饱满又丰富，有趣又精彩。

　　如今，在城市周边，院子要么是精致奢侈品，要么是乡村老旧专属，我在清源书院做一种实验，或保留一种中间状态：精致在乡村，生活在乡村！山、水、泥土、天空，尽量保持自然原样，近距离接触，生活、物件、时间、人情，享受城市先进与便利的同时，也回归到乡村的初始状态，有历史、有延续、有积淀、有温度，怀旧不恋旧，温故而知新，方能享受自由自在。

院长独家招牌菜：书院大铁锅炖棒子骨

清源书院开始在北京小有名气。如果敞开接待的话，每个周末都有人预约来做客，或许应了那句酒香不怕巷子深吧。

除了"有书有院有书院"，书院的另一个立院宗旨，就是"有酒有肉有朋友"。

有朋自市里来，不亦乐乎。问题是，来了就得吃饭，总不能一碗泡面打发了，起码得有四菜一汤，喝点酒那更是极好的！不喝酒，身为山东人的院长也过意不去。

理想浪漫且美好，问题是，饭菜谁来做呢？

我的亲密战友徐老师别指望了，她不拆了我的灶台，就已经谢天谢地，让一位南方姑娘为一位北方老公的朋友们做菜，侬开什么玩笑，简直算得上士可杀不可辱！

书院副院长江寒，搬石头是一把好手，为人热情，但一身傲骨不屑于做饭这种小事。说实话，最重要的是，他炒的菜不好吃，充其量只能算做熟了，齁咸齁咸很下饭，其他色香味均无！

来的朋友更是指望不上，一个个都是国际上数一数二的文学小青年、文艺女青年，难得赏光来你这儿捧场，图的就是周末好好放松一下，还要自己动手，有没有搞错！

没办法，只好院长亲自动手！本是赶鸭子上架，却无心插柳，不经意间搞出来一道大菜，在北京市乃至全国的文学小青年圈内打出来了品牌和影响力。

这道菜曾被一位德高望重的吃货前辈赐名：书院大铁锅炖棒子骨(以下简称"书院铁锅炖")！

书院的菜谱，只有一道招牌菜

新锅要用猪油开锅，擦过猪油的锅，黑亮黑亮，没有生铁怪味也没有锈味。

一口新锅往泥土地里一支，就有了厨房

这道菜为什么出名了呢？原因如下：

书院要招待的人多，随便数一下：院长副院长地主小树地陪李建新再加上来访的朋友，最少四五人起，多的时候二三十人，所以菜量要足，先不说吃好，最先要解决的是吃饱。

院长亲自掌勺

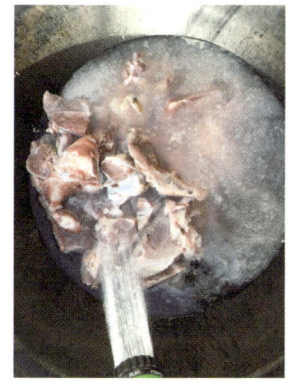 

主材料是棒子骨

有时候也会炖大鹅

第一锅要配上各种耐炖的白菜、豆角、土豆、萝卜、茄子、玉米等

干一行爱一行，结合实际需求，经过无数次的研发和实践，院长固定下来铁锅炖最理想和最经典的制作流程：一定要选有骨髓的大棒子骨，而且一定要把骨头砍开，这样才能炖出骨头味来，还要配上排骨、腔骨，留出来三分之一的位置放进耐炖的豆角、土豆、萝卜、茄子，再加上水满满一锅，木头柴不要停，一直炖一直炖，直到炖烂，香味随着蒸汽冒出来，好了，大功告成！

是不是很简单？

你以为只有这些，那就太小看铁锅炖的魅力啦！这仅仅是第一锅，当然，也是最重要的一锅，因为这一锅骨头肉和肉汤是铁锅炖的基础，也是精髓所在。

要想肉汤美味，院长凭着多年人生经验和吃菜心得，配制出一纸独家配方，因为过于珍贵需要保密，细节就不在这里一一展开，唯一可以透露的一味料是：大酱！咳咳，你懂了吧？你流着口水试着想象一下，啃一口，炖到烂乎的骨头肉，有恰到好处的酱香，再来一口萝卜，再来一口汤！

锅里的肉汤不要全盛出来，接下来铁锅炖的第二锅还要用到

　　第二锅,形似火锅或者涮菜。加一根柴,把一烫就熟的叶子菜,油菜、青菜、白菜、蒿子秆等等,一股脑倒下去就好,几分钟后带汁盛出,但是和火锅的最大区别,仍在那锅肉汤里面。铁锅炖的第二锅,或是出于保障一下荤素搭配、营养均衡,诸如此类的原因吧,当然还有一个原因是,一旦书院的人喝起酒来,时间就会很久,但是菜不能停啊,菜不能缺啊,而且还能保障热热乎乎、美味依旧。

还有第三锅!

在书院豪华灌酒团的组合接待大招儿下,大多数朋友在吃第二锅的时候就已经醉倒了。能坚持吃到第三锅的朋友,才是真性情!

此时铁锅里,还余下三分之一的汤,这道汤,煮过骨头肉,涮过菜,再被灶里余火收了一些水分,稍微有些浓稠,味道却更加丰富,像极了人生。

加水,加柴,煮沸,下面条!这就是铁锅炖的第三锅!

第三锅的灵感,来自于山东胶东的"一水面"。

我的母亲最为擅长此面的做法,这也是我最为喜爱的一种面条,面条大同小异,关键在水,在和面条浑然成一体的汤水,只是无论是谁,都不可能单单为了煮一碗面,花费几个小时,来备这么一锅丰富、奇特的面条汤——第三锅面的精妙,也在于此。

铁锅炖第三锅汤的味道,把面条的身体重塑,里面碳水化合物的面香被充分激发出来,依旧热气腾腾,虽被稀释,依旧有滋有味,第三锅铁锅面,抚慰着院子里每一位酒后迷离、瞪着大眼小眼却努力保持清醒的人,抚慰着他们的舌头,他们的胃,嗯,还有心灵……

以上，这就是书院铁锅炖的完整做法了！

铁锅炖看似简单，却又有形似佛跳墙一般的丰富，三锅下来历时四五个小时，食材和内涵一直丰富，或许让所有人感觉满足的，还因为这是被柴火和时间、酒精和友情……共同打磨出来的一道大菜。

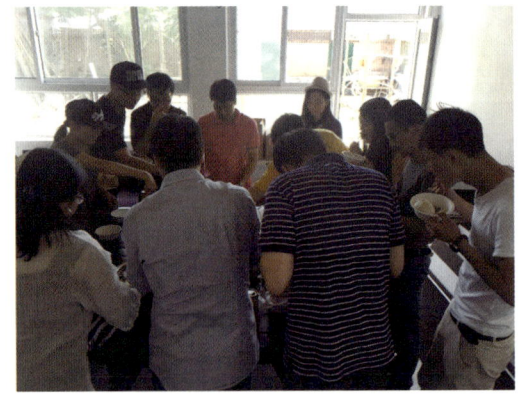

铁锅炖很好地解决了书院做菜吃饭的问题,从此书院人来人往,院长再也不慌张、忙乱了,一切游刃有余,一切尽在掌控中。最多时,院长曾用这道大菜,顺利招待了三十多人,而且成功地没被累死。

除了好吃,还有它与城市里面餐馆里精致菜品有较大反差,吃的不仅仅是菜和肉,吃的就是气势,更是一种意象。

为了更有仪式感,院长大厨特意耗资20元,置办一柄长杆大铁勺,杆子上缠上麻绳,持着这柄"铁和麻"的乡村厨房神器,时而搅拌,时而尝味,最后大功告成时,盛一勺又一勺,粗犷地扣到每个人的碗里,内心很是喜悦,可惜院长不抽烟,要是戴上草帽,再叼一根烟卷,漫不经心,一勺又一勺给排着队的同学们盛菜,那种自在、骄傲、自信、满足,或会达到极致吧。

和中国非主流名菜"叫花鸡"一样,铁锅炖受限于条件,反倒因此成为它不可复制的特色。

一锅鲜吃遍天，小院儿、有机自种菜、柴火锅、棒子骨、院长大厨、大长勺、神奇保密配料、一锅三吃、肉管饱酒也管够，使得铁锅炖成为书院的一个招牌，在院长绘声绘色的描述下，也成为身边所有人限量版的向往。

新增大菜，老北京木炭紫铜火锅。

除了羊肉片，其他火锅食材均为小院自产，从地里直接摘了洗洗就可以扔进锅。

此后书院每一次热气腾腾的聚餐，还时不时飘起芝麻酱香味儿。只是每次聚餐之后，身后的酒瓶又是满满一地，多了许多。

火锅尤其适合晚上支起来

李建新也会偶尔贡献自己的拿手好菜：韩国烤肉

受其启发，有了烤箱后，我会烤排骨

烧烤前准备工作

烤串

烤翅

烤玉米

炸香椿苗

除此以外,还能时不时地在地主树哥家,吃到地道的东北菜

朋友们会带来各种酒,基本上存不下来

　　小院生活,真是快乐又富足。

小院的年丰牌自酿白酒大业

有了院子之后,心就野了,什么都想做。有书有院,有酒有肉,当书院对酒的消耗大了之后,就冒出来自己酿酒的念头,相比起把种子变成植物瓜果,把粮食转化成酒,应该是一件更奇妙的事情吧?

说干就干,当周我就在网上下单,入手了一套不锈钢酿酒设备。

秋天草木枯萎,粮食丰收,适合酿酒

酒还没有酿,但是江湖版的酒缸不能少,仪式感要有,打算灌满后埋到地里面

还有小号的酒坛

酿酒材料之一：像甘蔗一样的高粱甜秆，糖分高

剁成渣渣

把拌好曲的熟料放至桶内，蒙一层保鲜膜

高粱米发酵

将淀粉分解成糖类

发酵好的高粱用纱布包起来，放进酿酒桶

烧火开酿

邀请了酿酒专家指导

煮熟的米　　　　　　高粱米、高粱秆包好　　放到蒸馏锅里大火开蒸

 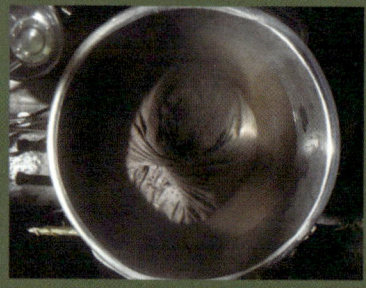

从白天煮到晚上

井水冷凝，一直在出酒　　　装坛，尝了一下味道还不错，但不能多喝，需要释放一下有害物质

那一坛子酒，至今还在小院的书架上面保存着，不敢多喝，偶尔有朋友感兴趣了，就会仪式感很强地开坛倒酒，只允许品尝一点点，再小心翼翼地封起来，踩着梯子放回书架最高处。

曾经想过很多，例如给酒起名"年丰酒"，注册下来，编一个故事，例如某皇帝去承德的时候路过年丰村，在这里歇过脚，当晚试着品尝过村里的酒，却是别有一番风味呢，龙心大悦，于是赐名"年丰酒"！

其实高粱秆和高粱并不是酿白酒最理想的材料，很想哪一天，按照教程，提前发酵五种粮食，酿一次五粮酒，可惜，总是忙来忙去，一直未能实现。我的书院年丰酒大业，自然也是不能实现，很是遗憾。

倒是山里的朋友，无墙博物馆的子楠、敬一，从南方直接调来几百坛黄酒，藏在窖子里面十三年，随便取出来一坛，20斤每一壶每一杯都是惊喜，煮酒畅聊，一晚上喝个不醉不休，真是美好！

泡上院里产的杏子，成为杏子酒

关于酒,还有另外一种玩法。例如,和朵朵老师一起选小院自产、造型最妖娆的一个葫芦

刮皮、开口、掏种子

灌上红酒,为什么不是白酒呢?因为我最爱的其实还是红酒,白酒太烈了

倒上一杯,在城里19层的高楼上面,和喝奶的朵朵碰个杯,喝个微醺,也是很美好

为年丰酒配诗一首：《喝一坛情投意合的酒》

从天井下面 从窖子深处
取一坛黄酒
纯粮食和江水粗野陈酿十三年
笋子烧猪肉 臭桂鱼 炸花生米
还有一院子哗啦啦流水声

来！喝一场情投意合的酒吧
一杯带着桃花潭体温 一杯解忧愁
再来一杯 一滴也不剩

不许吐 喝多了就睡
不用找回家的路了
不用想后来怎么睡着了

第二天 早上伸个懒腰
看看唐朝义门还在 踏歌古岸前还有船
记着会很美好 就好了

陈教授出马：胶东花饽饽奇遇记

1

我的母亲陈淑玉，被称为"花饽饽教授"，这个称号后面有一个有趣的故事。

这个故事曾经在中国和瑞士的媒体上发表过，名为《胶东花饽饽瑞士奇遇记》，摘录如下：

中国农历春节的正月初二，小昱和老公瑞福将在瑞士举办婚礼。老母亲很犯愁，她不知道应该给女儿准备什么礼物。母亲是农民，没有祖辈传下来的金银首饰可以给小昱；她识的字也不多，更不要说外语了，她不知道自己在婚礼上应该说点什么，虽然她有一肚子的话。毕竟，这是她唯一的女儿出嫁呵。

她想，自己总要做点什么，表达她的心情，送去她的祝福。她一再问儿子杨阿里，让他帮忙出主意。杨阿里也没什么好主意，吃喝衣物，小昱都不缺。

想来想去，最后，老陈带了几小袋颜料，和杨阿里的爱人、孩子以及家人出发了，小昱要在瑞士教堂办一个中西结合的婚礼。

从山东到北京，从北京到瑞士，近万公里，母亲来了。

稍作休息和准备，母亲动工了。她要按着家乡的传统，给小昱做一锅花饽饽。

其实，花饽饽是有讲究的，首先要有盆，盆的寓意是聚宝盆，饽饽图案有鸳鸯戏水喜鹊登梅，凤凰传牡丹越传越好看，佛手谐音福手，金鱼代表富裕……一盆子喜庆吉祥，满载着对一对新人生活的美好祝愿。如今，每逢过年和喜事，小昱家乡的女人都会用自家麦子磨成的上好面粉，做上几锅饽饽。年年如此，算起来母亲已经做了几十年饽饽。原本单调的面粉，经过她们的手，样子会变得完全不一样。

小昱不会做饽饽。上学、工作、出国，小昱没时间跟母亲学，也没有什么动力。在瑞士，母亲忙来忙去，她也帮不上什么忙，闲着没事给她拍了几张照片。母亲用面团揉出来的半成品佛手、金鱼、凤凰、带尖花饽饽也被拍了下来，顺手发到了朋友圈。

平日里司空见惯，在国外倒是第一次，小昱哥哥杨阿里看到后也觉得好玩，半夜11点也转到了自己的朋友圈。始料未及，他俩发的照片，竟然收到成百上千条留言。来自于国内各地，甚至于世界各地的朋友纷纷点赞，根本停不下来。

这一次，小昱有了动力，她陆续拍了一些照片，开始在手机上直播母亲的制作过程，从一团面到有了形状，从蒸熟了到上色变成成品。朋友们的热度非但不减，反而更加热烈，他们纷纷转发称：高手在民间，又一位"梵高奶奶"横空出世。

  小昱在瑞士的婚礼很完美，天公作美，风和日丽。这是一场中瑞风格结合的婚礼，有教堂有牧师，有德语，家人都赶过来了，有哥哥的中文发言和嫂子的英文翻译；在婚礼现场，有西餐有蛋糕，还有摆在客人签到处的花饽饽和饺子。那一铜盆花饽饽很惊艳，每一位进场的亲人朋友都赞叹不已。小昱的妈妈多做了许多个小饽饽，作为礼物回馈给大家，大家都非常喜欢。

  小昱和杨阿里意识到，母亲的花饽饽，不仅仅是给朋友们带来惊喜，它也给他们自己一个机会。这些精美的花饽饽，让他们注意到家乡传统工艺竟是如此之美，让他们意识到妈妈原来是这么心灵手巧。通过花饽饽、面塑，他们重新认识了母亲，他们重新发现了家乡；大家喝酒吃饭跳舞欢庆的时候，花饽饽在桌子上静静地传递着来自于中国的传统祝福。一辈子平淡无奇的母亲，没有想到自己用家乡最传统的方式，给女儿小昱的婚礼带来惊喜，带来属于中国的那一抹亮丽的色彩。

3

从瑞士回来后,花饽饽的故事仍在继续。

由"说出你的故事"公益基金组织的公益活动:"疯狂的馒头"花饽饽制作体验。一期人数爆满,又办了第二期,反响非常好。

后来，陈教授又应大酒店邀请，正式涉足商业活动。她制作了一个鲜花盛开、凤凰展翅的"花饽饽蛋糕"为酒店庆生，并手把手教大家制作花饽饽，从和面开始，揉、搓、捏、压、涂，学员们学得也非常认真。最后不论是大朋友还是小朋友，都做出了独具特色的创意花饽饽。活动后来被美通社报道，花饽饽再次传播出国。

在大家的追捧下，事情的发展越发好玩：瑞士当地华人和在北京的朋友们提议开班培训，他们不但自己想学，还想带着他们的孩子学习这门神奇的手艺；在视频网站工作的四月云留言建议拍成视频，合并到他们的一档节目中去；曾经发起过李奶奶唱戏公益行动的《新京报》记者申志民创建"疯狂的馒头"群，和贺永强商议合力推广"花饽饽妈"；做公益的朋友们也参与了进来，和小昱他们商议与公益项目进行结合；小昱家乡电视台台长得到消息也加入了进来,他说,花饽饽是非物质文化遗产,把中国文化用这种方式传播到国外很有意义。电视台以"胶东妈妈飞瑞士嫁女,亲手做花饽饽作贺礼"为题制作电视节目,播放小昱在瑞士这场有花饽饽的婚礼;山东工艺美院的顾群业院长提议将其列入国家课题的子项目"寻找身边的手艺",顾院长称这是很好的一个范例;在瑞士的朋友称要和小妹联手,把花饽饽推向市场……

从网络到电视台,从公益到高校,让胶东人习以为常的"花饽饽",突然之间就成了"香饽饽"。央视王力军说,越传统,越生活,越国际;乐视四月云说,妈妈做的饽饽让我们记起遗忘多年的年味儿,饽饽的本质是亲情和爱……

应小树庄园地主小树邀请,"花馃馃陈教授"在清源书院也举办了一场花馃馃制作体验活动!

为此,小树庄园赞助了面粉、一只大鹅以及其他物品,活动因此由小树庄园冠名。

名为花饽饽，其实它仍是馒头：金鱼和佛手等小摆件是"小馒头"，花饽饽是"大馒头"。除了婚礼上会出现，它还会在建成新房盖好大梁的时候，由建筑工从大梁顶上扬下来，让大人小孩一起抢。小昱的父亲杨玉友，就是一位土包工头，小昱和哥哥经常会去抢爸爸扬的花饽饽。另外，花饽饽一定要在春节出现。大年三十，花饽饽会被胶东的乡亲们用来敬神仙敬祖宗。牌位桌上，燃三炷香点两支蜡，香烛前面一定会有摆放得端正的花饽饽，香烛后面，是他们的信仰。百姓们用这种最朴素的礼物，表达自己对天地神灵的敬畏；正月里走亲访友，各家中午都会管饭，菜要有肉有鱼，酒要喝足，收尾的就是切成一片一片的饽饽上桌，热炕头，正午的阳光暖和明媚，大饽饽热气腾腾，亲情友情把它们交织在一起，酒足饭饱的那一刻，他们会很满足、很惬意、很幸福；小摆件，会放在窗台上，柜子上，桌子上，抽屉里。从冬天放到春天，从手工的五颜六色，迎来自然的姹紫千红，它的使命便完成了。没有保质期，也没有浪费，洗一洗，蒸一蒸，去掉外面的那层硬皮，那一直是小昱和杨阿里的最爱，甜甜的，香香的，有年的味道。

上过央视的猫猫狗狗们

先说一只老猫的故事,它的名字叫多多。

第一次来到小院,有些紧张的多多猫。

老猫多多来过小院,没有上过央视,它曾在小院闹过惊天动地的一出"躲猫猫"

我在南京读大学期间，暑假回山东老家遇到它。当时它刚出生，很小很小，流浪在村口，我见它全身雪白，只是鼻子、耳朵和尾巴全黑，很是有特点，就逗了它一下，村里的老奶奶说，快抱回去吧，正好没人养。

然后，它随着我从山东到南京，从南京到安徽，再从安徽到北京，傲娇又文静，见证我和徐老师的爱情、婚姻，见证了朵朵出生，朵朵最开始只会拔它的毛，它见了她就要躲着走，后来朵朵也学会了摸它、抱它，多多一直陪伴朵朵长大，直到我为它养老送终。

从村里来，在城市里长大，再回到村里去，也算是完美的猫生吧。

我以为，这是多多猫那天在小院里的最后一张照片

那天在小院，我们在忙，它视察了一圈后，不见了踪影！我以为它跑到村子里，再也见不到了……

我花了将近一天的时间来找它。先是满院子找，草丛花间找了个遍；然后所有屋子找一遍，再就是跑到街上，方圆几公里找了个遍，还是没有找到！

心里面一阵悲凉和不舍，不会从此失去了这个傲娇的有点像海盗的家伙吧？！

万般无奈下，我想到唯一能做的，就是带点礼物，去村里喇叭广播台，请求人家帮我做个广播：村里哪位看见一只黑白相间的猫，他的主人在村里大槐树下面等它，这只猫认生，别人抓不住，晚上七点前给主人提供线索就有重谢！

大喇叭广告了三次，我一直在大槐树下面等，人来人往，炊烟起又降，天色暗了下来，晚上七点半了，却仍没有人来，我只好快快地回了小院，徐老师和朵朵饭也没有吃，都等急了，可我又束手无措，直到朵朵突然跟我说，爸爸，我听见炕下面有猫猫在叫。

我凑近了一听，可不是吗！

……当天晚上回到城里的家,已经是午夜12点。

回了市里给它约了一家宠物医院,体检加洗澡。

——它不知道受了什么刺激,躲在炕洞里面不肯出来,炕洞太小,我钻不进去,我对它发脾气,用竹竿赶它出来,它会冲着竹竿龇牙;逼急了我用烟熏,它坚持不出来,我又用水管往里冲水,它终于一身泥、一身灰、一身水地滚了出来,面对我时,却温顺起来,十几岁猫奶奶像个做错事的孩子。

后来我在一篇笔记里面写道:

多多是一只黑白相间黑白分明立场莫名坚定的猫。

它在这个世界上活了十多年,从猫的年龄来算,已经很老了。

我从农村把它带到城市,从此一生衣食无忧,我们曾经分开过,它曾经把我给忘记了。

有人说它长得像加勒比海盗

但是到了老了的时候,它应该又重新记起我了,它不再会对我发脾气,它还会对朵朵温柔。

它依旧傲娇,但是却不再拒人于千里;它不再黏人,我却感觉得到它心里开始有爱。

我让朵朵喊它多多姑姑猫,我已经习惯了这个白里透着黑的家伙,在我们家庭里的存在,很多细节,不记下来,就慢慢忘掉了。记得的,是它一直和我们在一起。

后来,它老了,就没了。我经常会想起它,像想起一位熟悉的老朋友。

朵朵也会想起它,问我多多呢?我和她说,多多老了,睡着了。

老多多猫走了没多久,一帮来干活儿的工人,临走时放了一个纸箱子在小院,他们让我记得打开,说是有惊喜。——竟然是三只刚出生的小猫!

没办法,只好在小院子里面养起来。多多猫还曾有过爱人和丈母娘的关爱,但多多猫走后,她们坚决不同意再从小开始养猫了,更不要说三只!

幸好,同事来做客,她抱走了一只,它被取名为"疙瘩",从此过上了城里猫衣食无忧的幸福生活。

余下的两只,我给它们起名为:小左、小右。

左边的是小右,右边的叫小左

呆萌呆萌的小左和小右。它们竟然像加勒比海盗多多猫一样,全身白,只是耳朵的地方有一处黑,走了一只,多了两只,这是不是冥冥之中有什么事情发生了?

它们总是喜欢在窗外盯着我看　　　　　不理它们的话就喵喵叫

虽然给它们起了名字,但我仍然不能很好地区分它们。只记得有一只调皮,有一只文静害羞。

小左小时候的样子　　还是小左小时候的样子,后来我从照片里面总结出来:
　　　　　　　　　　调皮的是小左,文静的是小右

文静的小右

两只小猫形影不离,上天钻洞无所不能,连上厕所都约好了一起

相亲相爱

各种搞怪

　　有一天,央视《走遍中国》栏目来采访,小左小右白天晚上轮番出镜,俨然自己才是小院的主人,抢尽风头。

江寒副院长见小猫玩得开心,把自己的两只小狗也牵来了。没几天,它们就变成了小黑狗,并和猫猫们打成一片。

后来,文静的小右成了猫妈妈,生了四只小猫。

它们愉快地生活在一起,成为院子的守护者。

这不仅仅只是一个院子

历经四年,我在怀柔的三处院子,基础建设都已经完成了。

它们不仅仅只是一个院子,因为这里安放了我的生活理想,还有我念念不忘的"书院"梦想。

"有书有院有书院,有酒有肉有朋友。老婆孩子热炕头",最后一句或许可以是"扶风清源水长流"。

理想的院子

作者:杨阿里

有书有院有书院,有酒有肉有朋友。

老婆孩子热炕头,扶风清源水长流。

(打油诗按课本上的古诗格式写一遍,感觉正式了许多)

桃花潭有一处隋开皇年间建成的"扶风会馆",我在怀柔三处小院"清源书院"的名字,最初源自于和"扶风会馆"的呼应:扶风、清源、品茶、喝酒、写字、写文、听雨、种地、造园、过日子,细水长流,光想想就很美好。

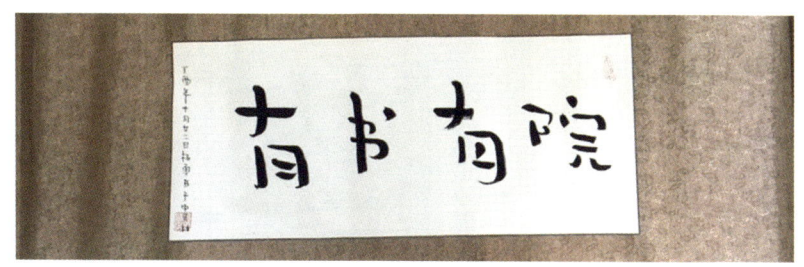

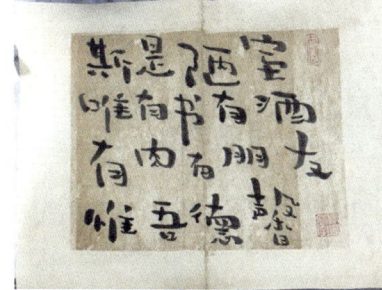
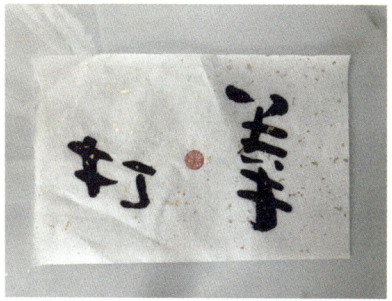

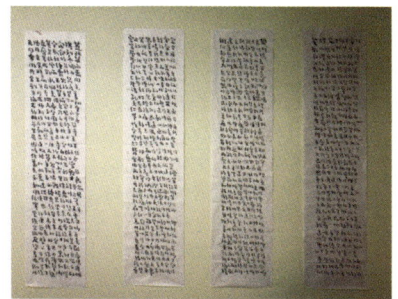

写自己喜欢的朵体字

刻章

画画

让来访的小朋友留下画作,等二十年后升值

书店是码书的地方,书院除了藏书讲学,还会有一种:书院里面文人理想中的生活方式。例如"晴耕雨读",建造文化交流空间,不断满足文学小青年们日益增长的美好生活需要。

我并不认为"书院"必须要多么高大上,但是基本功能要有,首先需要满足自己,就像我所理解的文学一样。我们需要保持对文学的怀疑和警惕,尤其是在别人那里轰轰烈烈的爱情,或者,成功的人生,都需要保持怀疑,因为那都是别人的。——属于我们自己的,哪怕很微小,但是却很美好的每一刻,都会很珍贵,比如此时此刻,比如这个简陋的院子。

当年地主小树吸引我来到怀柔,从八千块钱起步,我也有了自己的一份"产业",有事没事,我经常会带朵朵老师转一圈,学李建新、学树哥,叉着腰,豪横地告诉她,看,孩子,这是你爹为你打下的江山!

第一处北年丰村清源书院,每年仍然在源源不断地产出各种瓜果蔬菜、葫芦核桃。嫩香椿,每到开春就被很多人惦记,那里的茅草门楼、原木书架、大炕老床、"时光"老物件博物馆、自酿年丰

荣获"荣誉村民"称号

233

牌白酒，已经成为清源书院的经典，起码我和江寒副院长都已然无法再超越。

第二处新房子村清源书院，有十位联合院长，十亩地大院里面还有潘家园年画馆、凡花小筑、丰年陶馆等"热爱艺术的人"，渐渐形成了一个乡村文化艺术矩阵，在此基础上，大家一起申请，发起成立了"北京市怀柔区新社会阶层发展服务协会""北京市怀柔区影视家协会"两个协会，因为地方大，成为"二手书流转"公益项目实施地，至今累计组织、流转、捐赠图书一万余册，并与城区里的"糖果书屋"达成"城市书店+乡村书院"的友好共建关系，助力"书香怀柔"。

第三处杨宋镇的房子，成为朋友们怀柔一日游之后的新的聚集点。所谓书院，其实只是指地下那一层，其他空间属于朵朵和徐老师。这里前期委托设计师全程盯装修，不曾操心。只是入住之后，里里外外、大大小小细节仍要自己动手，好在有过改造经验，一切都不在话下。

从个人的角度来说，相比起城市生活的一眼见底，有院子的生活丰富多彩。有院生活其实没有那么多规划，因为空间

在那里，再给一点时间，总是有一些不经意间的惊喜，接踵而来。快节奏的五天之后，每周总有两天，远离城市尘嚣，远离光影，回归家庭，回归传统的节奏，幸福感会成倍增加，这一点，在国外已经被印证，亲近田园、亲近自然，更应该成为主流，即使花一些成本，也是值得。

从另一个角度来看，三处书院、两个协会、一个乡村文化艺术矩阵，聚集了文学、出版、影视、公益、传媒、收藏、新农人等各方资源，无偿服务于有工分的各圈朋友、联合院长、郊区土著们、同事、作家、出版人、新闻手工艺人、孩子们……如果这些院子，不仅仅只有乡间田园属性，而是一个文化交流平台，那自然更为理想。

共建者名单及工分本

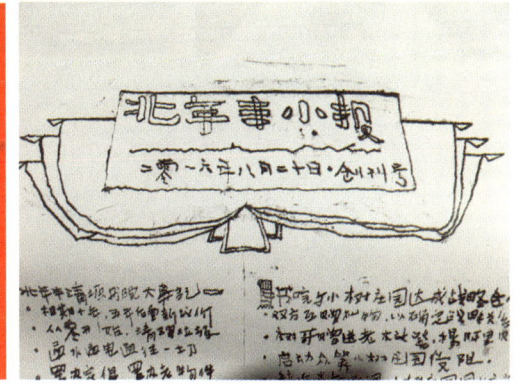

联合院长及交流活动

后记

清源书院和出厂于
1980年的杨院长书写简史

我生于1980年,从15岁写情书开始迷上写作,一眨眼的工夫现在"40岁不惑"(单位的小朋友补刀说"奔五快乐"),自己与"书"已经有几十年的过往:读书、写书、编书、出版图书、卖电子书、将书转化为影视、在郊区创建清源书院、组织与书相关的活动……始终围绕着书,各式各样、各种形态的书。

每个时期、每本书,包括每件与书相关的事情,或排在一起、或交汇融合,都有不同价值,对我产生影响,放到一起看,这一切开始成为私人的专属体系,综合构成了我这么一个真名杨勇、笔名"杨阿里"的社会个体存在。此时,借后记梳理一下、回顾一下,并与朋友们漫谈,一是分享自己与书有关的故事,二是谈谈自己对"个人与文学"关系的理解。

我的阅读从小学开始,在读遍所有的课本和作文书、童话、小人书之后,偷着读父亲藏起来的"大人书",读过数量最多的、也是最爱的杂书,竟然是金庸的《天龙八部》等一批武侠经典,还记得我曾把木课桌挖出来一条缝,手托书在桌洞里面,一页一页翻,自上而下一行一行快速扫过,当年那个瘦小、白净的小学生,天天梦想着成为一位武林高手,总是想哪一天在山洞里面发现一本功夫秘籍,总是想在现代找到古代的江湖;再后来喜爱上网络文学,大学毕业后从事网络文学编辑工作,成为中国网络文学二十年发展里面第一代的参与者、见证者,必定是与此有关。我曾思考过一个问题,从奇书变名著的《三国演义》《水浒传》《西游记》《红楼梦》，到金庸、古龙等一批武侠名家，再到当下网络文学兴起，玄幻奇幻古代言情现代言情如日中天，它们之间看似无关，实则始终有着紧密的联系，无论经过什么起伏，文脉始终未断，传统文学如此，通俗文学也一样，古代现代中国作家一直在延续着中国人喜爱的叙事传统，写中国人爱读的故事。至今仍有人对网络文学嗤之以鼻，我向来不参与争辩，无论怎么瞧不上，也影响不到他们真实的生命力，时间自然会证明一切，当然，这是另外一个话题了。

中学时期，我在一处封闭起来半军事化管理、以升学为唯一目标的学校，那时还没有互联网，其间，我的课外阅读较多较杂，古今中外、杂志期刊，我如饥似渴，消化着能找到的一切。阅读虽是好事，但却占用了我在中学时期的大部分时间，也挤占了我对其他学科的兴趣，这也与我的性格有关，喜欢就义无反顾，不知道妥协，于是好事慢慢变成坏事，火上浇油的是，初二我发表了第一篇作品，爱好被认可被鼓励后，创作欲望就一发而不可收，勉强升入高中，高中二年级综合成绩在班里倒数，不是没想过奋起直追，直到有一次，在"出血掉肉拼命干，誓夺升学八连贯"的标语下，拼了一整天头昏脑涨，睡觉前去一趟厕所，发现厕所门口一盏昏暗的路灯下面，竟然有三位同学仍然在学习！从那一刻起，我就决定放弃用自己并不擅长的方式与他们竞争，我开始琢磨如何借助文学走适合自己的路，甚至如何完成逆袭。

我先是给父亲一道选择题：A，你儿子身体垮掉，但学习成绩可能进入中游水平，能不能考上大学未知；B，你儿子身体辛苦内心却快乐，让他走自己选的路，高中毕业后您就不用管了。做建筑包工头的父亲，简单直爽，选了B，并给我加了一个C选项：高中毕业后，出资让儿子去中国名校某翔学习汽车维修，回家开个汽车修理厂。有了父亲的支持，班主任也就给我开了绿灯，当时班里其他同学的课桌堆满课本和试卷，我的课桌只有一本书，或一本稿纸、一支笔。

在中学，要拎出来讲的两本书，一本是《少年维特之烦恼》，它让我变得极其敏感，让我在教室里面，听到大白杨树叶哗啦哗啦的声音，摸得到风。它让我躺在学校围墙外的苹果园草地上，感受到太阳的温度。它让我看得见冰凌花。我一遍一遍读，很重要的还有，它还让我知道，其实最难的时候，仍会有选择；最绝望时，也要反过来找希望，找出口，我不接受仿佛是另一个自己，在1774年欧洲的一本书里面自杀。还有一本书是《花季雨季》（据说出版社靠这一本书盖起了一幢大楼），还有自它之后出现的一大批青春文学作品，那是中国校园文学的黄金时代，是80后作者们的一次狂欢，学生们写书给学生读，绕开中间环节。这本书让在乡镇中学的我，知道平行在这个空间的同龄人，青春竟然可以如此精彩；另外一点是作者郁秀给我打了一个样，原来学生写的书也能出版，她让我和一大群少年作家燃起熊熊斗志，我也要写一本长篇小说，出版一本书！

写长篇小说是一项庞大的工程，直到高中毕业，我的小说仍未完成，但是，这本长篇小说对于我个人的影响巨大！从单调的生活中提炼要点，无时无刻都在天马行空想象，大纲写了一稿又一稿，人设改了又改，从开始动了写这么一本书的念头到这本书实际完成，总共历时八年，在这八年时间里，我已经不再像是一位写作者，反倒像在做一份商业计划书的创业者，主人公也不再是虚构出来的人物，而是以自己为原型，不断修正方向、架构最优成长方案，以及综合考虑性价比、可行性、市场空间……

小说内容最后定为：主人公"宋扬"去北京参加了一个青少年文学夏令营活动，从北京回来后，他决定写一本长篇小说，这本长篇小说名字叫《我在未来的街头等你》，小说的内容是一个叫童木的少年要写一本长篇小说《我在未来的街头等你》。童木是谁，童木其实就是"18岁的我"（请注意，"18岁的我"其实是一个第三人称的叙述者）……

最终，这本小说在我的大学期间得以完成，其间，我学习主人公，原样照搬，完成并实现了他在小说中对自己成长路线的构思。例如，升学无望放弃了高考，在拿到毕业证后到北京鲁迅文学院，从实习编辑做起后来转正。但放弃高考是无奈之举，内心依然渴望读大学，于是在北京一边工作一边接受成人教育，并且选到一个能在孔庙里面上课的学校，每天晚上从鲁迅文学院骑自行车到国子监，推开厚重的红漆大门，进入古建筑找个课桌坐下来，那真是非常独特的一段体验；三年后大专毕业，我通过了南京大学中文系的文学自主招生，插班成为本科生，并在大学里面写完了那本名叫《我在未来的街头等你》的长篇小说；同时结合学生写作热现象，捎带着完成了一本《中国校园文学史引论》，这个理论研究得到文学史学家钱理群老师的肯定，给我回复了三页信，我把它用在了书中，代为序言，信封和信的原件收藏至今。

在南京大学期间，还要提两部作品，第一本是普鲁斯特的《追忆似水年华》，和我一样爱好写作并未成名的马塞尔，一句一句话地建起来一个相对独立的世界，那个世界琐碎却一度让我着迷；还有一点，我下了许多功夫，去研究叙事中的视角越界现象，即叙述者的描叙身份发生错位，例如从一个人物的视角入手，到后来却变成了展示性叙事的全知视角叙事。例如这么一段，"他吃了几只土豆，他从画前经过，觉得虚假艺术无用，比不上新鲜的空气和阳光……他心想，我可不愿让晚报把我当成这次画展的杂闻来谈"，原本以第一人称叙述者马塞尔对文学大师戈特之死的描述，却以全知模式进行侵入，采用直接引语的形式，详细提示了戈特临死前的内心想法。当时我立志要写一本伟大的书，所以不容许在自己的作品中出现越界。视角成了我扎到书里面奇特的切入点，在这一点上我十分专注，现在想想仍觉得有意思。

还有一篇是庄子的《逍遥游》，从这篇作品开始，我真正喜爱上中国古代文学，在南大白发苍苍老教授的讲解下，在读懂它背熟之后，曾经有那么一瞬间，我感觉到自己与中国古代正式建立起联系，它不同于金庸带我进入的那个无形江湖，它让我找到个体的源头、找到根、找到在这个世界上安身立命的土地。此后，我又陆续解锁了《山海经》《园冶》《长物志》等书，以及开始练习书法，初中临过的隶书，怎么写也不好看，再次拾笔竟然还在记忆中，并转化成自己的小风格。如今，西方文学已经不再吸引我……

南大毕业后再回北京，一晃又是15年。在这15年的时间里面，我结婚、购房、生育，好好过日子，主要精力投入在工作上面，业余写作。

还是很在意自己的"作家"身份，从第一本书开始，写书这个习惯我仍一直保持着,每过一两年,便会有一本书出版,每一本书都与自己的人生密切相关:从少年时期写给少年的自己《我在未来的街头等你》,从山东到北京的故事《往城里去》,到青年携爱人与自己对话的游记《不负好时光》,再到写给孩子的儿童文学《小蚂蚁的大象世界》,这几年下来陆续出版了十七本,其中有长篇小说、儿童文学、报告文学、游记随笔、散文集,甚至理论专著,每一本书的类型都不重样,风格也不统一,题材五花八门,但这些书有一个共同点,那就是无限贴近生活,与生活紧密关联。

在最初,拥有编辑身份的自己,曾经质疑那个有作者身份的自己:你写的东西有价值吗?

以前,努力写下有想象力的文字,再在现实中参照着文学一一落地,追求梦想、追求诗意生存;现在,正努力让生活本身,变成鲜活的文字,并引领我的创作,把生活过成自己喜欢的那个样子!我的问题有了答案,有一点越来越确定,我的创作不但有价值,而且意义非凡。

我在北京郊区怀柔,租下一处农家院,从零起步动手改造,创建了非盈利性质的"清源书院",企图将自己漂在北京的身心安放,"有书有院有书院,有酒有肉有朋友",一时间热闹非凡,已经在北京小圈子里面小有名气。书院也从一处变成两处,从两处变成三处,其中的故事,就是这本书,名为《理想的院子》。

从手写在稿纸上,到敲到电脑里,再到手机记录、相机拍照、录音、视频,以及租下院子,把想象变为行动,知行合一、人与文合一。从单一的文字,转化到行动写作、非虚构写作,我一直在坚持用自己的方式,把文学当成最亲近的朋友。即便在现在,在我从业以来最忙的这几年，每天的主要工作就是看书，反倒没有时间再写书，但那并不代表着我的创作停止过。我以双手耕作拔草亲近土地劳作的方式创作，即便坐在办公室里、出差住在城市核心地段的酒店里，心里依然关心季节节气、关心天气雨水，关心我那三个有泥土的院子，以及院子里的瓜果蔬菜。当然更幸运的是，我的工作也一直与文学相关，从未偏离，无论工作上还是院子里，每每有成果，都会如同老农丰收一般喜悦。疲于生计，更多时候文学理想这四个字埋在心底，但是它一直在，而且它不是空洞的，它有形状、有颜色。

有了孩子后，我也一直在鼓励朵朵进行"创作"。在她不会写字的时候，我鼓励她，一个点一条线一个面，一笔一笔画出来自己感兴趣的形状；在她能够大致画出来一景一物时，我鼓励她给画涂上颜色，我会给她的画配上我的毛笔字；我还在鼓励她，学会署上自己的名字，写上日期，甚至配上几句诗。

《每个地方都是我们的世界》

每个地方都有我们需要的东西
每个地方都有星星和月亮
每个地方都有蓝天
每个地方都有房子
每个地方都有树
每个地方都是我们的家乡
（五岁朵朵，2020年在美国写的一首小诗）

她理解的那个"世界",是爸爸在写给她的故事绘本书《小蚂蚁的大象世界》里面的"世界":那一年,朵妈怀孕了,我晚上趴在床边,在朵妈肚皮旁,对朵朵进行胎教。根据口述胎教故事整理的《小蚂蚁的大象世界》第一季由我独立完成,我把它当作第一份正式的礼物,送给朵朵,其中有爸爸想告诉她的一切;在第二季里面,将新增小跳蚤布哒哒、小石头努几努等由朵朵创作出来的新角色,他们将在故事中创造新的惊喜。在那套书里面,我给朵朵描述的"世界"并不深奥,也不遥远,就在身边,这个世界很大,像大象一样大,像大象一样丰富,这个世界也可以很小,小到像小蚂蚁那么一点点,小到可以藏在小孩子的心里。与这个世界可以成为朋友,就像小蚂蚁和大象那样,成为好朋友。

在我的鼓励下,朵朵的创作越来越让我惊喜,也让她自己快乐、自信,在我看来,这才是创作最大的价值。

我并非专业作家,我并非想让朵朵成为一个诗人或者一位画家,我期待的是,朵朵将来成为一位能够持续创作的女孩,她的创作让她进步成长,她可以以此为生,也可以从事其他职业,她会获得尊重。当然最重要的是,她会快乐!如同她的父亲,不希望过日复一日、平淡无奇的生活,只想用时光和生命,创作属于自己最独特、最美好的文字和能够诗意一些的人生。

每一片叶子互不相同,世间有太多精彩,文学也有很多种样子,书有很多种,书里有太多故事,穷尽一生,谁也不可能囊括全部,专属于自己的,其实永远只有一个。我认为工作、写字、经营生活,以及开发小院子,本质都是创作。不论是把它写出来,还是把它编选出来,或者用实践落地,变成实体,都是可以的,重要的是那是自己最珍贵的体验,独一无二,熠熠生辉。

"周一到周五在市里高强度、快节奏工作,周六周日到郊区慢下来享受有书有院的生活",我用实践证明,在这样的时代,它可以成为一种切实可行的新生活方式。从农民变成城里人,再从城里人变成为北年丰的荣誉村民,我和我的家正式在北京安放。我很珍惜这一切,感谢家人的支持与陪伴!也感谢浙江文艺出版社,让我把这个故事讲出来。

或许,几年后,一切又会改变,一切又会是另外一番美好的模样,我很期待。